Seduce

Was Frauen begehren

ZUM BUCH:

Was Frauen begehren - Seduce

Emilia Hayes ist jung, reich und verliebt. Sie ist eine 22-jährige Kunststudentin, der es auf den ersten Blick kaum besser gehen könnte. Doch natürlich versteckt sich ein Problem hinter der anscheinend perfekten Fassade. Emilia wohnt seit kurzem mit ihrer großen Liebe Marc Hansen in einem luxuriösen Penthouse in der Hamburger-Hafencity. Das Liebesleben der beiden ist allerdings alles andere als traumhaft. Emilia würde daran gern einiges ändern.

Dieser Wunsch ist der Start einer sinnlichen Selbstfindungsreise, auf der die junge Frau ungeahnte Wege einschlägt, um ihr Ziel zu erreichen.

SANNAH SCOTT

SEDUCE

Was Frauen begehren

Impressum

Copyright © 2021 Sannah Scott

Umschlaggestaltung & Buchsatz:
© S. Hinrichs

Herstellung und Verlag: BoD - Books on Demand, Norderstedt

ISBN Taschenbuch: 978-3-7534-6480-0

Bibliografische Information der Deutschen Nationalbibliothek: Die Deutsche Nationalbibliothek verzeichnet diese Publikation in der Deutschen Nationalbibliografie; detaillierte bibliografische Daten sind im Internet über http://dnb.d-nb.de abrufbar.

Kapitel 1

Freitag
21. Februar

Marc las zum zweiten Mal die Textnachricht, die Emilia geschrieben hatte.

Unfassbar, dass ihm das passierte!

Er starrte auf das Display.

Woher hatte sie den ausgesprochen vulgären Wortschatz? Die frivolen Ausdrücke passten nicht zu ihr. Genauer gesagt verlief das gemeinsame Sexleben bisher, nun ja, eher zurückhaltend, unspektakulär: ausschließlich im Bett, vorzugsweise ohne Licht.

Sie brauchte höchstwahrscheinlich Zeit, um genug Vertrauen aufzubauen. Die wollte er der Freundin auf jeden Fall geben.

Er war davon überzeugt, dass sie bald entspannter mit dem Thema Sex umging.

Die geballten Anzüglichkeiten, die sie losließ, trafen ihn absolut unvorbereitet. Seine Gesichtsfarbe wechselte rasch von blass zu leichter Morgenröte. Gedankenverloren legte er das Handy auf den Tisch, wobei er eine widerspenstige dunkle Strähne aus der Stirn strich. Er saß jetzt in der Mensa der Universität, wo er zu Mittag aß. Der Nachtisch, Vanilleeis an heißen Kirschen, zerlief unbeachtet zu einem rotgelben Brei.

Das Telefon vibrierte erneut.

Wieder Emilia.

Diesmal ein Foto samt dem Vermerk:»Sei heute Abend bitte pünktlich. Eine Überraschung wartet auf dich.«

Es zeigte ein Selfie, im Badezimmer aufgenommen. Sein Herzschlag beschleunigte augenblicklich.

Sie sah umwerfend aus.

Anders.

Wahnsinnig erotisch.

Er erkannte sie beinahe nicht. Sprachlos fixierte er das Bild.

Aufreizend, die Beine gespreizt, saß sie auf dem Wannenrand. Lasziv blickte sie mit herrlich katzengrünen Augen in die Kamera. Zum ersten Mal in ihrer Beziehung sah er sie geschminkt.

Das Make-up unterstrich die feinen Gesichtszüge, ließ den Blick unwiderstehlich strahlen. Ein schwarzer Hauch von Spitze umschmeichelte dürftig die Kostbarkeiten. Wie ein Flammenmeer umrahmten die Haare kokett die Brüste.

Marc genoss das Bild, jede Körperfaser durchströmte eine kribbelnde Hitze. Er musterte die rosigen Nippel, die frech durch das zarte Negligé hervor blitzten; die rasierte Scham, die einladenden leicht geöffneten Lippen.

Der unverhoffte Anblick reizte ihn enorm, das Blut zwischen den Beinen pulsierte. Er atmete hastiger, gleichzeitig spannte die Hose im Schritt verdächtig.

»Ist das etwa deine neueste Errungenschaft?«, ertönte eine Stimme hinter ihm.

Erschrocken zuckte er zusammen. Er hatte Jan übersehen, der dummerweise unbemerkt Emilias Nachricht mitgelesen hatte.

»Wow, was für eine geile ...«

»Schon mal was von Privatsphäre gehört?« Marc unterbrach wütend, wobei er blitzschnell das Handy sperrte. Verlegen rutschte er mit dem Stuhl an den Tisch darum bemüht, die unübersehbar angeschwollene Manneskraft zu verbergen.

»Ach, stell dich nicht an. Dein verträumter Gesichtsausdruck, da musste ich nachschauen.« Grinsend plumpste er auf den gegenüberliegenden freien Sitz. Kaffee schlürfend musterte er den Kameraden vielsagend.

»Wurde verdammt Zeit, dass du dir eine Neue suchst. Die Ex ist unscheinbar, unattraktiv und zu allem Überfluss verklemmt. Eine graue Maus. Was wolltest du nur von dem Mädel? Ein absolutes No-Go für meinen besten Kumpel. Du kannst doch jede vernaschen, bei dem Aussehen.«

Marc schwieg.

Er hatte keine Lust, ihn darüber aufzuklären, dass die Frau auf dem Foto in Wahrheit Emilia zeigte. Die Person, die Jan »unscheinbar«, »unattraktiv«, »verklemmt« betitelte.

Vorsichtig probierte er den Kirsch-Vanille-Brei, verzog jedoch sofort das Gesicht, legte den Löffel angewidert beiseite.

Auf der einen Seite verstand er den Freund. Sie verschwendete selten Zeit für Äußerlichkeiten, bevorzugte Jeans und Turnschuhe. High Heels, Minis oder aufreizende Kleider fehlten im Schrank.

Auf der anderen Seite verzauberte ihn in erster Linie ihre angeborene Schönheit, das ungekünstelte Wesen. Die katzenhaften Augen leuchteten in der Farbe von Smaragden, ließen ihn dahinschmelzen. Die anziehenden, weiblichen Rundungen verlockten ständig zum Anbeißen.

Am allerbesten gefielen ihm allerdings die Haare. Kupferrot, naturgelockt, bis zur Taille reichend. Eine ungebändigte, leuchtende Löwenmähne, umwerfend sexy.

Er stand eben nicht auf überschminkte Barbie-Puppen, Punkt.

»Hallo, jemand zu Hause?«

Abrupt wurde er aus den Träumereien gerissen.

»Verrätst du mir, wer die geile Schnecke ist, die dir aufreizende Fotos schickt?« Hoffnungsvoll fixierte er den Freund.

Marc überlegte. Mit dem Kumpel über Liebesverhältnisse zu diskutieren ergab keinen Sinn. Er, der typische Draufgänger: Unfähig für eine anhaltende Beziehung, dauernd hatte er eine Neue. Wie sollte er ihm das erklären? Er verstand Emilias unverhoffte Wandlung selbst nicht.

Ohne einen Kommentar abzugeben, schob er energisch den verschmähten Nachtisch beiseite. »Ich muss jetzt los. Wir sehen uns morgen.«

Hastig stand er auf, ergriff den Rucksack, der am Boden lag. In Richtung Ausgang flüchtend ließ er einen verdutzten Jan zurück.

Kapitel 2

Emilias Blick schweifte durch das Studio. Nervös, mit zittrigen Fingern öffnete sie die bereitstehende Flasche Prosecco.

Hatte sie an alles gedacht?

Das Holz im Kamin knisterte einladend, verbreitete einen dezent holzigen Duft. Der Champagner stand eisgekühlt auf dem Beistelltisch daneben. Ebenso der edle Whisky, den Marc gerne an kalten, ungemütlichen Winterabenden genoss. Kuscheldecken und dicke Kissen lagen auf der Sofalehne bereitet; luden zur romantischen Gemütlichkeit vor dem Kaminfeuer ein. Kerzen wiesen warm scheinend den Weg von der Wohnungstür über das Studio zum Bad. Die Duftstäbchen, die sie überall im Penthouse verteilt hatte, verströmten ein angenehmes Aroma, einer Mischung aus Vanille und Ylang Ylang.

Der Abend musste perfekt verlaufen.

Für sie, für Marc.

Er war so zärtlich und geduldig, obwohl die Intimitäten bisher bei ihnen leider nur unter der Bettdecke stattfanden.

Emilia runzelte die Stirn.

Erstklassigen Sex. Hemmungslos. Ungezügelt.

Sie wollte ihm die leidenschaftliche Erotik geben, die sie ausschließlich in ihren aufregenden Fantasien auslebte. Sie seufzte frustriert. Er gab ihr wirklich ausreichend Zeit, Vertrauen aufzubauen. Trotzdem klappte es noch nicht.

Ständig verkrampfte sie.

Geistesabwesend trank sie einen kräftigen Schluck vom Prosecco, den sie nebenbei eingeschenkt hatte.

Marc, ein wunderbar verständnisvoller Freund.

Sie hatte ihn vor sechs Monaten kennengelernt, es hatte gleich gefunkt. Zuerst hatte sie gezögert, bei ihm einzuziehen, das verlockende Angebot anzunehmen. Mittlerweile wohnte sie schon acht Wochen im Penthouse, das Marcs Familie gehörte.

Die Wohnung verfügte wahrhaftig über genug Wohnfläche. Raum für die Staffelei; die vielen Bilder, die Utensilien, die das Studium der bildenden Künste ermöglichten. Das Zimmer im Studentenwohnheim, das sie bewohnt hatte, platzte im Gegensatz dazu aus allen Nähten. Die lebensfrohe, chaotische Mitbewohnerin Sunny hatte kein Problem damit gehabt. Emilia war letztendlich wiederum froh darüber, der Enge zu entkommen, mit Marc zusammenzuwohnen.

Ruhelos, grübelnd streifte sie durch das Studio.

Sie begehrte den Mann, er zog sie magisch an.

Er verkörperte den Typ, nachdem die Frauen auf der Straße schauten: Sportlich muskulös; die dunklen Haare glänzten sanft im Regen. Herrlich türkisblaue Augen, die die Farbe des Indischen Ozeans widerspiegelten. Feine Lachgrübchen umschlossen den Mund, den sie immerfort küssen wollte.

Bei der Vorstellung an sein attraktives Äußeres zitterten erneut die Knie. Ein leichtes wohliges Kribbeln flatterte vom Bauch bis hinunter in den Schoß. Aufgeregt setzte sie sich wiederholt auf die Couch, versuchte, die Atmung zu beruhigen. Ungeduldig schaute sie auf die Uhr über dem Kamin.

Es wurde Zeit. Zeit zu handeln; aus dem Mauseloch heraus zu kommen, in dem sie hockte.

Den Anfang hatte sie geschafft, indem sie die anzüglichen Nachrichten mitsamt dem Foto an Marc verschickt hatte.

Bei der Vorstellung an das Bild mit der anrüchigen Pose errötete sie zutiefst beklommen. Der Puls beschleunigte, die Hände schwitzten.

Schluss damit!

Energisch schüttelte sie den Kopf, um die negativen Gedanken endlich zu verbannen.

Ab heute gab es eine erotische, betörende, leidenschaftliche Emilia. Vom Mauerblümchen zum Vamp.

In einem Zug leerte sie ungestüm das Sektglas. Zielstrebig stand sie auf, um ins Badezimmer zu eilen. Sie wollte die letzten Vorbereitungen für das bevorstehende Rendezvous treffen.

Sie plante einen unvergesslichen Abend.

Kapitel 3

Zügig stieg Marc aus der U-Bahn. Geschickt den drängelnden Menschen ausweichend, ging er mit ausladenden Schritten Richtung Ausgang. Er hatte es eilig nach Hause zu kommen.

Pünktlich.

Sie stellte die Bedingungen des Rendezvous, die er unter allen Umständen erfüllen wollte.

Emilia plante eine Überraschung.

Was hatte sie ausgeheckt? Ihn verführen? Die schüchterne, introvertierte Frau?

Bei dem Gedanken schlug das Herz bis zum Hals. In den vergangenen Stunden hatte er an nichts anderes gedacht. Er wirkte abgelenkt, hoffnungslos zerstreut. Mehrmals am Nachmittag warf er einen Blick auf die mysteriöse SMS, betrachtete verzaubert den traumhaften Körper auf dem Foto. Die Fantasie erblühte.

Er malte den bevorstehenden Abend in allen Facetten aus.

Emilia: in dem aufreizenden Hauch von schwarzer Spitze an ihn geschmiegt, sinnliche Worte ins Ohr flüsternd.

Emilia: ohne Negligé in der Wanne rekelnd, währenddessen der Schaum samtig den wohlgeformten Busen samt rosa Knospen umschmeichelt.

Emilia: verlangend ihm entgegen reckend, um begierig die pralle Fülle aufzunehmen.

Marcs Atmung ging stoßweise. Erregung pulsierte durch den Körper, ließ die Männlichkeit anschwellen.

Er begehrte die Frau.

Wollte die zarte Haut kosten, verwöhnen, in einen Rausch der Ekstase versetzen.

Heute Abend?

Marc zückte das Handy, schrieb flink eine SMS. Eine Art Ritual. Jeden Tag nach der Uni, auf dem Weg von der U-Bahn zur Wohnung, meldete er sich kurz. Wenn sie zu Hause war, empfing sie ihn mit einer aromatisch duftenden Tasse Cappuccino oder Tee.

Zügig schlug er den Kragen herauf, vergrub die freie Hand in den Tiefen des Wollmantels. In der anderen trug er einen Blumenstrauß.

Sie schwärmte für frische Blumen.

Es hatte erneut zu schneien begonnen. Dicke Flocken tanzten im Wind, bedeckten die trist, graue Straße unter silbernen Glanz. Ein Glücksgefühl überfiel Marc. Er liebte den Schnee, der die dunklen Tage durch das Weiß ringsherum erhellte.

Wohlgelaunt stapfte er über die dichte Schneedecke. Die Vorfreude beflügelte, er schritt rascher aus.

Er wollte sie auf keinen Fall warten lassen.

Kapitel 4

Vorsichtig stöckelte Emilia in Richtung Fenster. Das Laufen auf High Heels stellte eine Herausforderung für sie dar. Bisher hatte sie keine Schuhe mit solchen Absätzen besessen. Geschweige sie getragen. Knapp zehn Zentimeter. Nachdenklich setzte sie sich auf die Lehne der Couch. Ihr Lieblingsplatz. Von dort aus überblickte sie die umliegenden Dächer der Hafencity.

Beim gestrigen Shoppen passierte es; Liebe auf den ersten Blick: schwarz, auf silbrig glänzender Plateau-Sohle. Die konusförmig zulaufende Hacke bestach in der gleichen Farbe. Die Steine auf den Riemchen, die dem Fuß Halt gaben, blinkten im Kerzenlicht.

Das Einkaufen hatte Spaß gemacht. Zuerst hatte sie Bedenken, den Laden für erotische Dessous zu betreten. Nachdem sie zuvor allerdings die Schuhe ergattert hatte, siegte die Neugier. Die Entscheidung fiel auf ein dunkles Spitzen-Negligé mit funkelnden Strasssteinchen am Dekolleté. Zusätzlich halterlose Seidenstrümpfe, den winzigen Netzstring. Die anfängliche Scheu hatte die nette Verkäuferin charmant überspielt. Zum Schluss posierte Emilia ungeniert vor dem Kabinenspiegel.

Verträumt beobachtete sie das Schneetreiben hinter den bodentiefen Fensterscheiben. Eine dichte Schicht Weiß bedeckte die Dächer der umliegenden Häuser, die Schiffe auf der nahegelegenen Elbe trugen eine zauberhafte Puderzuckerdecke. Die winterliche Atmosphäre draußen übertrug wohlige Gemütlichkeit ins Studio des Penthouse. Der Kamin strahlte behagliche Wärme aus. Die Lachshäppchen, die neben dem Champagner bereitstanden, verströmten einen leicht salzhaltigen Duft.

Ungeduldig betrachtete sie das Display ihres Handys.

Er erschien jeden Augenblick.

Überraschenderweise überfiel gleißende Hitze den gesamten Körper; bis zum Schoss. Ein heftiger Schauer überflutete den Rücken, ließ die Aufregung ansteigen. Mit feuchten Handflächen versuchte sie, die unkontrolliert zitternden Beine zu beruhigen.

Sie fieberte ihm entgegen; wollte den unwiderstehlich männlichen Duft von Ebenhölzern einsaugen; die feinen Lippen liebkosen; die sanften Hände auf der Haut fühlen.

Sie begehrte ihn. Das Ziel am heutigen Abend bestand darin, Marc heißzumachen und nach allen Künsten einer Frau zu verführen.

Das Handy vibrierte.

Endlich! Die sehnsüchtig erwartete SMS.

Mit einer geschmeidigen Bewegung stand sie auf, öffnete entschlossen den schwarz seidigen Kimono, schritt zur Tür.

Das erotische Abenteuer begann.

Zwei Stufen gleichzeitig nehmend sprang Marc leichtfüßig die Treppen bis in den fünften Stock hinauf, das zusätzliche Training zum Fitnessstudio in den Wintermonaten. Leicht außer Atem, blieb er vor der Tür des Penthouse stehen. In Eile zog er die vom Schnee durchweichten Schuhe aus, stellte sie auf die vorgesehene Schmutzmatte. Er atmete bedächtig ein. Versuchte, die aufkommende Nervosität zu beruhigen. Vorsichtig entfernte er das Papier von den Blumen, zupfte den Strauß weißlicher Babyröschen zurecht. Er hatte Schwierigkeiten, die Rosen im Winter zu bekommen. Erst beim dritten Floristen klappte es. Ungeduldig angelte er in der Hosentasche nach dem Wohnungsschlüssel. In dem Moment, als er den Schlüssel ins Türschloss steckte, ging die Tür auf: Emilia stand im Türrahmen.

Der Anblick raubte ihm den Atem.

Sie sah umwerfend aus.

»Komm rein, mein Schatz«, säuselte sie, ein unwiderstehliches Lächeln umrahmte den sinnlichen Mund. »Vielen Dank für die zauberhaften Blumen.« Vorsichtig ergriff sie den Strauß, legte ihn auf die Kommode. Durch eine leichte Geste forderte sie ihren Freund auf, den schneebedeckten Mantel auszuziehen. Behutsam hängte sie das Kleidungsstück an die Garderobe. Zärtlich Marcs Hände nehmend, hauchte sie einen flüchtigen Kuss auf die Lippen.

»Liebling, du bist kalt und durchgefroren.« Sanft zog sie Marc in Richtung Wohnzimmer, wo der Kamin eine mollige Wärme verströmte. »Setz dich ans Feuer, heute wirst du von mir rundherum verwöhnt.« Mit wiegenden Hüften tänzelte sie auf den High Heels zum Beistelltisch. »Champagner oder Whisky?«

Die säuselnde Stimme klang wie angenehme Musik, die einen einlullte. Die faszinierenden olivgrünen Augen glänzten.

»Whisky, bitte«, krächzte er aus belegter Kehle. Die wunderbare Erscheinung raubte ihm die Sprache, törnte ihn gleichzeitig gewaltig an.

Was für eine Frau! Er hatte nicht geahnt, dass solch eine erotisierende Ausstrahlung in ihr schlummerte.

Fasziniert glitt der Blick über die zarte Figur, jedes einzelne Detail des sinnlichen Dresses. Die schwarze Spitze verdeckte spärlich den wohlgeformten Busen; den flachen Bauch. Die halterlosen Strümpfe setzten die Beine eindrucksvoll in Szene. Trug sie einen String? Marcs anfängliche Nervosität verflog. Erregung durchströmte den Körper, ein elektrisierendes Kribbeln verbreitete sexuelle Energie bis in die Haarspitzen. Er begehrte sie. Wollte verführt werden, ihrem Spiel verfallen, genießen.

Mit geübten Handgriffen drapierte er die Kissen und Decken vor den Kamin, nahm erwartungsvoll Platz, lässig die Beine ausstreckend. Emilia reichte souverän das Whiskyglas, griff den eingeschenkten Champagner; prostete Marc zu.

»Auf einen unvergesslichen Abend!«

Sie schaute ihm betörend in die Augen, legte die Hand sanft um seinen Nacken, berührte federleicht die maskulinen Lippen. Hauchzart streichelte sie mithilfe der Zunge darüber, fand den Weg in den Mund; drang kostend in die Tiefe. Bedächtig, träge, genussvoll.

Marcs Körper reagierte sofort. Heißes Begehren durchfloss alle Körperteile, ließ das Glied pulsieren.

Emilias Champagnerzunge kreiste fordernder, das Lippenspiel vollführte einen ekstatischen Tanz. Ohne den Reigen zu unterbrechen, bedrängte sie Marc, vorwärts schiebend, bis er unten lag.

Er registrierte die Wärme des Leibes durch das dünne Negligé, die fülligen Brüste. Den Schoss an die männliche Härte gepresst, umschlangen die Beine ihn untrennbar. Sein Herz klopfte heftig, der Kuss stahl ihm den Atem.

Lustvoll stöhnend löste sich ihr Mund, fand den Weg ans Ohr.

»Geliebter, entspricht das deinen Vorstellungen?«, hauchte sie sinnlich mit aufgestützten Armen, das Angesicht aufreizend lächelnd. Die kupfernen Locken hüllten in krausen Wellen den Busen ein. Er schnupperte den feinen Duft des Shampoos, das an frische Beeren erinnerte.

Sacht vergrub er das Gesicht in die seidig glänzenden Hare.

Da, zum wiederholten Mal der anziehende Blick, dem er nicht entkam.

Federleicht streifte er die Hände über ihren Rücken, den Apfelpo, zärtlich zog er sie heran. »Du zauberhaftes Engelchen«, flüsterte Marc liebevoll. »Der Kuss übertraf alles bisher Dagewesene, dein Knackpo törnt mich wahnsinnig an.« Verlangend packte er den zarten Hintern, drückte sie kräftig dem harten Glied entgegen.

Sie versuchte, der Umklammerung zu entkommen. »Warum derart stürmisch? Wir haben viel Zeit.« Grazil aufsetzend rückte sie die Dessous zurecht. Lässig angelte sie nach dem Whisky. »Hier, mein Schatz. Trink, zum Abkühlen.« Lachend nippte sie einen Schluck Champagner, griff die Platte mit den Lachshäppchen. »Bitte bedien dich, sie schmecken köstlich. Die Stärkung wird dir bekommen.«

Verwirrt richtete er sich auf.

Weshalb unterbrach sie das betörende Spiel?

Emilia stand elegant auf, ließ den Kimono wie zufällig auf den Boden gleiten, die weiblichen Rundungen eindeutig zur Show stellend. Betont gelassen zu Marc herab beugend, gab sie ihm einen innigen Kuss.

Marcs Blick verweilte auf dem atemberaubenden Dekolleté. Die Brüste schimmerten gleich Chinaseide, zart, ebenmäßig, einladend.

Er wollte sie anfassen, jetzt! Sie sanft streicheln, sie mit den Fingern umfassen; die rosigen Knospen zwirbeln, bis sie hart abstanden.

Begehren schnellte pfeilartig in den Schoß, wellenförmig ausbreitend, zur pochenden Spitze.

Emilia entglitt jedoch geschickt dem magischen Moment. Neckend schaute sie ihn aus mandelförmigen Augen an. »Nicht, mein Liebling. Lass es uns gemütlich angehen.«

Den eigenen Worten widersprechend, aufreizend hinstellend, die Scham direkt in Höhe seines Kopfes platziert. Schritt für Schritt umdrehend, wissend, dass der Blick jetzt auf dem knackigen Hinterteil ruhte. Sie legte die Handflächen sanft auf die Hüften, ging leicht in die Knie, erzeugte kreisende Bewegungen, bis ihr Negligé den Po frei gab.

Marcs Erregung wuchs, das Herz vollführte Sprünge. Der geile, stramme Hintern, zum Anbeißen. Das honigsüße Luder, woher wusste sie, dass er darauf stand? Heiß glomm der Wunsch auf, die Apfelbäckchen per Zunge zu erforschen. Die schlanke Taille umfassend, zog er sie dicht heran, dem Gesicht entgegen. Die warmen Lippen hinterließen prickelnde Spuren auf der Haut, richteten die feinen Härchen auf. Das unterdrückte Stöhnen zeigte, dass sie es genoss, dass sie vielmehr wollte.

Vorsichtig hinab bis zu ihrem Schoss streichelnd, legte er die Finger auf die Spalte, die der String spärlich verhüllte. Er fühlte die Feuchtigkeit des Liebessaftes, der das Höschen durchnässte. Er berührte die samtweichen Schamlippen, die neben dem Netzstring hervorquollen, zupfte sacht daran, knetete sie liebevoll.

Emilia rief stoßweise Laute der Erregung aus. Sie spreizte die Beine leicht, ließ ihm Raum für mehr Zärtlichkeit.

Durch die positive Reaktion ermutigt, fand er den Weg Richtung feuchter Schlitz. Gemächlich, genussvoll führte er den Zeigefinger von der erogenen Perle zum Po; vor, zurück. Vor, zurück. Genüsslich tastete er den Lustknoten, rieb behutsam, beklopfte ihn; drängend nach hinten zu ihrem Lusteingang. Sanfte kreisende Berührungen, bis er zustieß, abbrach, um erneut vorzustoßen.

Mit einem unterdrückten Keuchen wand Emilia den Körper abrupt zur Seite, den fordernden Händen ausweichend.

»Genug!« Um Fassung ringend zog sie das Negligé über den Po zurecht. »Eine winzige Kostprobe, um dich auf den Geschmack zu bringen, nicht mehr.« Unsicher, nervös, das Gesicht leicht gerötet, zugleich einen erregten Glanz in den Augen, suchte sie Blickkontakt. »Ich lasse uns jetzt das Schaumbad ein. Stellst du bitte die Blumen auf der Kommode für mich in die Vase?« Ohne eine Erklärung abzugeben, eilte sie fluchtartig in Richtung Badezimmer davon.

Emilias überraschender Abgang irritierte Marc. Er stand auf, wollte ins Bad folgen, ein klärendes Gespräch suchen. Nach kurzer Überlegung ergriff er das Whisky-Glas, setzte sich stattdessen auf das Sofa. Nachdenklich trank er einen Schluck. Hatte sie seine Forschheit überfordert? Er hatte sie nicht gedrängt. Die Initiative ging eindeutig von ihr aus. Sie hatte die Berührungen, die Zärtlichkeit genossen; die Feuchtigkeit der Liebesspalte raubte ihm die Sinne. Offensichtlich braucht sie Zeit, die entflammte Lüsternheit anzunehmen, zu genießen. Letztendlich bereitete Emilia im Augenblick ein sinnliches Tête-à-Tête in der Wanne vor.

Zufrieden stand er auf. Angeregt, mit Vorfreude auf den verheißungsvollen Verlauf des Abends, schritt er in den Flur, um die Blumen ordnungsgemäß ins Wasser zu stellen.

Kapitel 5

K euchend, mit zittrigen Händen, schloss Emilia die Badezimmertür. Es vergingen ein paar Minuten, bis der Pulsschlag verlangsamte, sie gelassener wurde. Unfassbar, was sie soeben getan hatte: knisternde Erotik, sexuelle Begierde, erregendes Verlangen. Sie, die Schüchternheit in Person.

Erst kostete es sie Überwindung, im Mittelpunkt zu stehen; freizügig mitsamt den Reizen des weiblichen Körpers zu spielen. Überraschend fand sie zunehmend Gefallen daran; es erregte sie sogar, erzeugte Geilheit.

Über die Wanne beugend, stellte Emilia den Temperaturregler auf 38 Grad, drehte den Hahn an. Auf dem Wannenrand sitzend ließ sie die Badeperlen in das Wasser rieseln. Ein leichter Honigduft erfüllte angenehm den Raum. Bei dem Gedanken an die Feuchtigkeit ihrer intimsten Zone schoss erneut die Röte ins Gesicht.

Kein Vergleich zu den vergangenen sexuellen Aktivitäten. Die Benutzung von Gleitgel stellte die einzige Möglichkeit für einen schmerzfreien Liebesakt dar. Die ständige Trockenheit berührte sie peinlich, erschwerte es, zu entspannen, die Intimitäten zu genießen.

Traumversunken spielte sie mit dem aufsteigenden Badeschaum, baute Türmchen, malte Kreise ins Weiß.

Ihr jämmerliches Liebesleben gehörte in die Vergangenheit. Den zweiten Schritt hatte sie gewagt, erfolgreich. Die ansteigende Lust, die zunehmende Nässe, die gleißende Hitze des Schoßes, Marcs zarte Berührung, die heftigen Vorstöße.

Emilias Bauchgrube vibrierte, sie bemerkte erneut den Saft in die Liebeszone einschießen. Die Perle schwoll an, sie stöhnte auf. Rasch zog sie die Schuhe und den Slip aus, breitete die Beine auseinander. Die Finger fanden spielend die feuchte Spalte, rieben sanft über die Lippen, stießen in die intimste Zone.

Die freie Hand ergriff die Brust, knetete sie; umkreiste zärtlich die Knospe, zupfte am harten Nippel. Sie zitterte vor ungestilltem Verlangen. Die aufsteigende Hitze überströmte den Körper bis in die Zehenspitzen. Sie schloss die Augen, genoss den Lustreigen, der in ihr tanzte, sie gefangen hielt.

»Darf ich mitspielen?« Mit der angebrochenen Champagnerflasche lehnte Marc lässig grinsend in der Badezimmertür.

Zutiefst erschrocken, nach Fassung ringend versuchte Emilia verzweifelt, die aufgekommene Geilheit zu verbergen, die Blöße zu verdecken. Blitzartig schossen die Gedanken durch den Kopf.

Seit wann stand er in der Tür?

Was hatte er gesehen?

Hatte er das Stöhnen gehört?

Peinlich bewegt, mit hochrotem Gesicht, saß sie regungslos auf dem Wannenrand unfähig, ihm in die Augen zu schauen. Aus den Augenwinkeln beobachtete sie Marc, der vorsichtig vor ihr in die Knie ging.

»Mein geliebter Engel!«

Sie starrte weiterhin stumm ins Leere.

»Emilia?« Er berührte behutsam das gesengte Kinn, schob es sacht höher, bis sich unausweichlich die Blicke kreuzten. Warme Smaragdsteine und funkelndes Ozeanblau trafen in der Mitte aufeinander.

Sie versank in den Tiefen des Meeres. Angenehme Ruhe durchströmte wohlig den Körper. Die Erstarrung wurde allmählich gelöst. Ein Lächeln zeichnete das Gesicht, die Augen begannen zu leuchten.

Er küsste sie zart auf den Mund, legte sanft die Hände an die Taille.

Die behutsamen Berührungen brachten die Schmetterlinge in Emilias Bauch erneut zum Flattern. Die Bedenken verflogen endgültig.

Sie liebte den Mann, begehrte ihn. Sie wollte die entflammten Gefühle nicht mehr unterdrücken.

Im Gegenteil.

Entschlossen löste sie die Lippen aus dem Kuss, drehte den Wasserhahn zu. Ihr Blick viel auf Marcs muskulöse Oberschenkel, in deren Mitte ein schwellender Stab prangte. Unverkennbar hatte Marc sie vorhin unbemerkt beobachtet.

Hatte es ihm gefallen, sogar erregt?

Fasziniert starrte sie auf das stattliche Glied, dezent von feinen Adern durchzogen, mit der glänzenden rosigen Spitze.

Was für ein stimulierender Anblick. Sie wollte den prallen Luststab anfassen, fühlen. Er sollte sie ausfüllen, sie dem Höhepunkt entgegentreiben.

Augenblicklich strömten lustvolle Wellen durch ihren Schoß, brachten ihn zum Kochen, der Liebessaft floss. Mühsam löste sie den Blick.

Ungeheuerlich, die Geilheit.

Die Schamlosigkeit, mit der sie auf die steife Männlichkeit starrte.

Entschlossen stand sie auf, zog die halterlosen Strümpfe aus. Wortlos ergriff sie Marcs Hand; stieg über den Wannenrand, ohne das Negligé auszuziehen.

Emilia ergriff die Champagnerflasche, die Marc weiterhin in der Hand hielt, stellte sie vorsichtig auf das Podest der üppigen Eckwanne.»Leg dich hin, mach es dir bequem.«

Mit einem leichten Lächeln um die Mundwinkel folgte er gehorsam den Anweisungen, glitt in das schaumige Wasser. Lässig streckte er die Beine aus, schaute sie erwartungsvoll an.

Was hatte sie vor?

Welche geheimnisvollen Tiefen schlummerten noch in ihr?

Als er vorhin überraschend ins Badezimmer platzte, hatte er sie in einer für sie peinlichen Situation erwischt. Es überraschte ihn, dass sie auf dem Wannenrand saß, hemmungslos masturbierend.

War die zurückhaltende Art im Wechsel mit purer Verführung ein Spiel, das sie merklich antörnte? Dass sie brauchte, um die Geilheit anzutreiben?

Entspannt zurücklehnend legte Marc die Arme leger auf den Rand der Badewanne.

Auf jeden Fall wollte er mitspielen, keine Einzelheit der Show verpassen.

Gebannt musterte er die zarte Porzellanhaut, die rote Lockenpracht.

Emilia stand mittig in der Wanne: Ein Sinnbild der Erotik; betont bedächtig auf der Stelle drehend, ihr Haar mithilfe einer unwiderstehlichen Geste nach hinten streichend. Sie hielt für kurze Zeit inne, um dem Geliebten einen eingehenden Blick auf die reizvolle Rückenpartie zu gewähren. Die Hände auf den Hüften abgelegt, vollführte sie kreisende Bewegungen, schaukelte das Becken, schob nebenbei das Negligé höher, streckte den Po heraus, lockte einladend. Die Pobacken schimmerten seidig, sie knetete sie behutsam, gab ihnen einen dezenten Klaps.

Marc rieselten Schauer der Erregung seicht den Rücken herab in die aufgeheizten Lenden. Fasziniert beobachtete er ihren verlockenden Tanz.

Mittlerweile hatte sie auf dem Eckpodest Platz genommen, glitt mit dem Po bis an die Kante der Wanne. Ein Fuß auf dem Wannenrand abgestellt, der andere Fuß zur Stütze auf dem Wannenboden. Sie drehte leicht in Marcs Richtung, breitete die Oberschenkel aus, gewährte ihm den aufregenden Anblick der feucht glänzenden Vulva.

Er stöhnte auf. Der pulsierende Stab ragte durch die Schaumkrone. Ungeduldig rutschte er auf sie zu, berührte hauchzart die Innenseite der seidigen Schenkel, behutsam höher streichelnd.

Kurz vor dem Erreichen der Lustgrotte stoppte sie energisch die Bewegung, schüttelte missbilligend den Lockenkopf. »Leg dich bitte hin, ausschließlich zuschauen, für den Anfang.« Aufreizend lächelnd schob sie die Hand vom Bein, wies ihn auf den zugedachten Platz nach hinten.

Ein Knistern lag in der Luft, getränkt von Eindrücken. Emilias Augen blitzten herausfordernd, hielten die Seinen gefangen.

Ein verdammt heißes Spiel, was sie da trieb.

Ein Spiel mit dem Feuer.

Getreu den Anweisungen rutschte er zurück, ohne den Blickkontakt zu unterbrechen.

Währenddessen wechselte sie in die ursprüngliche Position auf dem Podest-Rand. Sie tauchte eine Hand in den Schaum, bedeckte damit den Schoß. Gemächlich führte sie die Finger in das Versteck, begann rhythmisch zu reiben.

Hypnotisiert starrte Marc auf das Schauspiel.

Verdammt, er wollte sehen, was sie dort anstellte.

Ausschließlich zuschauen.

Wie sollte er das aushalten, ohne die Beherrschung zu verlieren?

Verzweifelt versuchte er, den ansteigenden Lustpegel zu kontrollieren, der Versuchung zu widerstehen. Marcs Fingerspitzen streiften kurz die geschwollene Männlichkeit, Feuerfunken stoben über die Hautoberfläche, die erzitterte. Wie im Rausch schaute er dem Versteckspiel begierig zu. Der Schaum löste sich gemächlich auf, gewährte zunehmend Einblicke in Emilias erotisierendes Treiben. Mithilfe des Mittelfingers bearbeitete sie den Kitzler; rieb und streichelte, zwirbelte ihn zwischen Daumen und Zeigefinger.

Emilia entfuhr ein unterdrückter Seufzer. Die freie Hand schöpfte Wasser, spülte den Restschaum vom Schoß.

Der Anblick der nass schimmernden Schamlippen erzeugte flackernde Hitze bei Marc.

Er war ihr verfallen. Hoffnungslos.

Sie trieb ihn mit der Show in den Wahnsinn.

Egal. Sie war es wert.

Das zuckersüße Mäuschen verwandelte sich wahrhaftig vor seinen Augen in einen verruchten, sündhaft geilen Vamp.

Sie strich indessen mithilfe der Finger durch die befeuchtete Spalte, zum Kitzler, umkreiste ihn. Der Lusthügel tropfte vor Liebessaft, er sickerte gemächlich.

Das war zu viel.

Marc hielt es nicht mehr auf dem zugewiesenen Platz. Entschlossen rutschte er auf Emilia zu, griff zärtlich nach einem Fuß. Sanft streichelte er von den Fesseln hinauf bis zu den Kniekehlen und zurück. Zart küsst er jeden einzelnen Zeh, saugte, leckte.

Sie schloss die Augen, atmete stoßweise. Stöhnend stieß sie zusätzlich den Mittelfinger in die feuchte Hitze, kreisend, erneut zustoßend, stürmischer.

Marc begann, aufwärts zu küssen, das Bein entlang, zu dem samtweichen Oberschenkel. Ein flüchtiger Blick in Emilias Gesicht zeigte ihm, dass sie dem Höhepunkt entgegentrieb. Lustschauer pulsierten durch seinen Körper, brachten die Männlichkeit zum Beben.

Er wollte zuschauen.

Sehen, hören, den Orgasmus aufsaugen.

Gierig registrierte er jeden Handgriff, jede Bewegung, jedes Stöhnen ihrerseits.

Abwechselnd drang sie mithilfe zweier Finger stoßweise in die Vulva ein, rieb die angeschwollene Perle; rascher, heftiger.

Gebannt starrte er auf die von Erregung gezeichneten Gesichtszüge.

Gleich wird sie kommen.

Mit urplötzlicher Intensität explodierte die Lust in Emilia, ließ den Körper beben.

Marc umfasste behutsam den zuckenden Leib, gab ihr Halt, bis die Muskeln entspannten.

Allmählich verlangsamte die Atmung. Sie öffnete die Augen; lustverhangene Pupillen suchten seinen Blick. Zärtlich legte sie ihm die Arme um die Schultern, zog ihn dicht heran, stützte den Kopf in die Halsbeuge. Aneinandergeschmiegt genossen beide den innigen Moment.

※ ※ ※

Marc löste behutsam die Umarmung, umfasste ihren Hals, zog sie küssend heran. Erst zärtlich, zum Schluss kräftiger, saugte an der Lippe, liebkoste leicht die Mundwinkel.

Wie durch einen Nebel vernahm Emilia die Berührungen. Die Intensität der durchlebten Gefühle hielt sie weiterhin gefangen.

Hatte sie wirklich soeben vor ihm masturbiert?

Ja, sie hatte.

Die Geilheit hatte sie regelrecht überrollt, hatte sie die Umgebung vergessen lassen – im Rausch der Lust.

Unvermittelt bemerkte sie die streichelnden Finger an den geschwollenen Schamlippen.

»Wie feucht du bist. Möchtest du, dass ich weiter mache?«
Die geraunten Worte am Ohr tröpfelten Sirup gleich die Haut entlang. Sie wollte sich dem Liebesspiel hingeben. Alles in ihr schrie nach endloser Befriedigung. »Ja«, hauchte sie flüsternd, die Stimme versagte.

Marc lächelte aufs Höchste erregt. Mithilfe beider Hände schöpfte er Wasser, ließ es über Emilias Busen laufen. Der Stoff wurde sofort durchsichtig, klebte direkt am Oberkörper. Er begann sogleich die steif aufgerichteten Brustwarzen zu küssen, zu saugen, leicht darüber zu lecken. Vorbeugend liebkoste er die Linie des Halses, knabberte am Ohrläppchen.

Emilia fixierte unterdessen das schwellende Glied, das schaumumhüllt aufragte.

O Gott, sie wollte ihn anfassen!

Sie griff zielstrebig in Richtung Schoss.

Marc entzog sich der Berührung, tauchte die Lenden unter Wasser. Sanft teilte er das Negligé in der Mitte, streichelte über die Hüften, zu den Leisten. Er küsste eine Brandspur von den Brüsten bis zum Schamhügel – fuhr sie mit den Fingern nach, immerfort. Die Wärme strömte wie glühende Lava herab. Der Kopf wanderte abwärts zwischen die nackten Schenkel.

Sie sog hörbar die Luft ein, umklammerte die maskulinen Schultern.

Er wird mich dort küssen, streicheln.

Ungeduldig fieberte sie den Liebkosungen entgegen. Seine Zunge schnellte hervor, berührte den Kitzler kurz und heftig.

Emilia stöhnte leidenschaftlich. Jeder Zungenschlag traf die Libido, peitschte sie an. Mal unmerklich und hauchzart, danach fordernd und kräftig. Zunehmend angeheizt drückte Sie das Becken gegen Marcs Lippen.

Mit den Händen umfasste er Emilias Po, gab Halt, währenddessen drang die Zungenspitze in die feuchte Hitze. Die

Vulva zog sich verlangend zusammen. Alles wurde heiß, die Reizempfindung wurde um ein Vielfältiges gesteigert. Unvermittelt ließ er von ihr ab, ergriff den Brausekopf, drehte das Wasser auf. Ein sanfter Bach rieselte den Unterleib herab. Überrascht öffnete Emilia die Augen. Sie sah zu, wie das warme Nass über den Venushügel lief, vorbei an den Schamlippen. Ein angenehmes Prickeln durchfuhr sie bis in die Zehenspitzen. Gedankenblitze schossen durch den Kopf, erschauerten sie vor Begierde.

Was passierte, wenn er den Strahl unmittelbar auf die Lustperle ausrichtete?

»Das scheint dir zu gefallen. Lehn dich zurück, mein Liebling.«

Marcs gesenkte Stimme ließ sie aufblicken. In den Augen flackerte das Feuer der Lust, das sie entfacht hatte.

Ohne den Blick abzuwenden, platzierte er ihr Bein auf seiner Schulter, drehte den Hahn kräftiger auf, richtete den Wasserstrahl direkt auf Emilias Kitzler.

Sie schrie überrascht auf. Der unvermittelt heftige Reiz überwältigte sie, pulsierende Elektrizität füllte den gesamten Schoß.

Marc legte die Brause ins Badewasser, sog an der Perle, leckte die Schamlippen, um wiederholt das Wasser auf der Lustgrotte kreisen zu lassen.

Emilia zitterte gewaltig, glaubte, es nicht länger zu ertragen. Sie schloss die Augen, ergab sich der aufsteigenden Hitze, die sie wellenförmig überströmte, mitriss.

Übergangslos empfand sie einen kalten, prickelnden Bach die Vulva entlang laufen. Er hatte die Sektflasche ergriffen, übergoss den Schamhügel. Erneut entglitt ihr ein heftiger Aufschrei, ein kurzes Stöhnen. Die Lust überkam sie ungestüm, ein Ziehen im Unterleib zeugte davon.

Nochmals goss Marc Sekt über den Venushügel, schlürfte ihn mit dem Mund auf, übergab das spritzige Nass bei einem innigen Kuss.

Sie schluckte gierig, währenddessen er die Brause wiederholt auf die Scham richtete, kreiste. Zusätzlich bemerkte sie einen Finger in der feuchten Spalte.

Oder mehrere?

Sie fühlte intensiv die Bewegungen, ließen sie wie Sahneeis dahin schmelzen.

Er stieß rascher zu, das Tempo erhöhend, der Brausestrahl umkreiste die geschwollene Perle. Die Lust war greifbar, fuhr direkt in den Schoß.

Sie trieb unausweichlich dem Siedepunkt entgegen, explodierte gewaltig. Unkontrolliert zuckten die Muskeln, Emilias Hände umklammerten die muskulösen Oberarme. Lustschauer durchdrangen sie wellenförmig, schienen keine Ruhe zu finden.

Schwerfällig lichtete sich der lustgetränkte Nebel. Sie bemerkte seine Erektion, die an ihrem Unterleib pochte. Ein ungebändigtes Verlangen wuchs im Kopf, unzähmbar, unaufhaltsam.

Sie wollte ihn besitzen, vollständig aufnehmen.

Ungestüm umschlang Emilia Marcs Gesäß, zog es gierig heran.

Der unübersehbaren Einladung konnte Marc nicht widerstehen. Die Lust war ins Unermessliche gesteigert. Er drückte das Glied gegen die Schamlippen, begann sie zu teilen. Er erspürte die Nässe, die Hitze an der Schwanzspitze. Aufreizend bedächtig drang er in die Tiefe. Die Zungen trafen aufeinander, vereinten sich liebkosend, während er den Spalt mit dem prallen Stab teilte.

Sie stöhnte in den Kuss.

Er füllte sie fantastisch aus.

Marcs Hände wanderten den Hals entlang über die Schultern. Er fasste das kupferne Haar zum Zopf, zog behutsam, bestimmend den Kopf nach hinten. Er nahm sie, forderte mehr, entspannte, bis er sie beinahe verließ.

Emilia fühlte seine Männlichkeit wachsen, an Stärke zunehmen. Er spießte sie auf, stürmischer. Die Luft war angefüllt von geflüsterten Worten, vom Luftholen im Rhythmus der Lust.

Die Bewegungen verlangsamten, sanft glitt er heraus.

»Dreh dich um, Liebling. Ich will deinen Knackhintern sehen, solange ich dich stoße«, flüsterte Marc mit rauchig sinnlicher Stimme. Er half ihr in die Position, ein Fuß auf den Rand der Badewanne gestellt. Fordernd drückte er sie kräftig, umschlang sie, gab Halt. Kriechend, genussvoll drang er erneut in sie ein, brachte den Schoss zum Kochen.

Stöhnen, Klatschgeräusche, erotisch gehauchte Wortspielereien. Mal für Mal wurde der Tanz stürmischer, bis die Sinne nichts anderes mehr wahrnahmen. Sie eilten gemeinsam auf einer Welle der Ekstase dem Höhepunkt entgegen.

Urplötzlich, gewaltig rollte er auf Emilia zu, über sie hinweg, riss sie empor.

Gleich wird er kommen.

Er und der Schrei der Lust.

Da war er, wie ein Tier, urwüchsig, machtvoll rief er es hinaus.

Sie klammerten schwer atmend aneinander, genossen die letzten peitschenden Gefühle, im Orgasmus gefangen. Ein sanftes Flattern blieb zum Schluss. Liebevoll trennten sie ihre Körper behutsam voneinander.

Kapitel 6

Samstag
22. Februar

Mühsam öffnete Emilia die Augen. Sonnenstrahlen fanden den Weg durch die Jalousie, blendeten das schlaftrunkene Gesicht. Sie blinzelte benommen, spähte zur Seite.

Er war bereits aufgestanden.

Ein Blick auf die Funkuhr genügte: kurz nach zwölf, sie hatte den gesamten Samstagvormittag verschlafen. Ein intensiv würziger Duft stieg in ihre Nase, sie lächelte. Eier und Speck, das unumstrittene Lieblingsfrühstück.

Die Müdigkeit verflog. Leichtfüßig sprang sie aus dem Bett, streifte die Kuschelsocken über die Füße, schlüpfte in den dicken Frotteemantel.

Marc stand in T-Shirt und Boxershorts barfuß am Küchenblock, hantierte souverän die Pfannen. Unbemerkt schlich sie heran, umschlang ihn stürmisch. »Guten Morgen, mein Schatz, oder besser gesagt, guten Mittag.«
»Bist du verrückt?« Er schnaufte, jonglierte geschickt die Schüssel Rührei, stellte sie behutsam auf der Arbeitsplatte ab. »Auch schon wach, du Langschläfer? Wusste doch, dass dich der würzige Duft des Bacons direkt zu mir in die Küche treibt.« Er umarmte, küsste sie zärtlich; schaute sie schelmisch aus blitzenden Augen an.
Emilia legte glücklich den Kopf an seine Brust. »Ich liebe die Wochenenden.«
Marc drängte sie lachend weg. »Warum werde ich das Gefühl nicht los, dass bei dir an allererster Stelle das Frühstück kommt.« Er schob sie energisch in Richtung Esstisch. Ehe sie empört antwortete, verschwand er nochmals an die Küchenzeile. »Setz dich schon mal, bin gleich da.« Flink fischte er den Speck aus der Pfanne, drapierte ihn auf den bereitstehenden Servierteller.
Erst jetzt registrierte Emilia den üppig gedeckten Tisch. In der Mitte prangte der Blumenstrauß vom Vorabend. Auf einem Teller lag zu ihrer Überraschung eine winzige Schachtel in Geschenkpapier, von einer silbernen Schleife umschlossen.
Spontan errötete sie heftig.
Sie hatte das Halbjährige verschwitzt!
Die gesamte vergangene Woche hatte sie den gestrigen Abend vorbereitet, sodass sie das wichtige Ereignis schlichtweg verdusselt hatte.
Wie peinlich!
Vollkommen geknickt setzte sie sich stumm auf den zugewiesenen Sitz.
Er kam an den Tisch, die Schüssel Rührei und den gerösteten Speck in den Händen. »Na, mein Engel, hat der Hunger dir die Sprache verschlagen?« Er nahm auf dem gegenüberliegenden

Stuhl Platz, schenkte den gekühlten Sekt, den Orangensaft in die bereitstehenden Gläser.

»Ich habe unseren Tag vergessen.« Kleinlaut flüsternd zeigte sie auf das Päckchen, ohne Marc anzuschauen.

Er lachte herzlich auf. »Und ich dachte, der gestrige Abend war dein Geschenk für mich.«

Ein Grinsen überzog ihr Gesicht. »Aha, wenn du das so siehst ...«

Die Blicke trafen über dem Tisch zusammen. In den Augen strahlte der süßliche Nachgeschmack der letzten Nacht. Eifrig griff sie das Geschenkpäckchen, öffnete es, ließ den Deckel aufklappen. Ein feiner Silberring mit einem funkelnden Stein kam zum Vorschein. Sie streifte den Ring auf den Finger, betrachtete das Schmuckstück verträumt.

»Er ist wunderschön, danke mein Schatz!« Sie erhob sich, eilte um den Esstisch und umarmte ihn begeistert.

Er zog sie heran, platzierte sie auf den Oberschenkeln.

Sie empfand irgendwas Hartes, das gegen das Hinterteil drängte. Augenblicklich durchflutete eine Hitzewelle den Unterleib.

»Freut mich, dass er dir gefällt«, raunte er, den Mund kräftig an Emilias Ohr geschmiegt.

Die Doppeldeutigkeit.

Wen meinte er? Den Ring oder ...

Marc umschlang sie entschlossen mit den Händen, ein Fluchtversuch schien unmöglich.

Sie fühlte den warmen Atem im Nacken, der kribbelnd den Rücken entlang kroch.

Wollte er es schon wieder?

In Sekundenbruchteilen überschlugen die Gedanken.

Wollte sie sich erneut auf ihn einzulassen; die frisch entdeckte sinnliche Leidenschaft ausleben?

Er nutze das kurze Zögern, hielt sie unverändert umklammert, drückte sie fordernd gegen die empor drängende Potenz.

Der Widerstand zerbröckelte, fiel herab gleich einer gesprengten Kette.

Sie wollte frei sein!

Beginnen was Spaß bereitete, sie erregte, befriedigte.

Sie schaltete den Verstand aus, merkte, dass der Impuls aufstehen zu wollen restlos schwand.

Sie war verdammt heiß.

Sie ertastete Marcs Finger auf den Oberschenkeln, behutsam aufwärts streichelnd, eine feurige Spur legend. Automatisch begann sie sachte die Hüften zu kreisen, wobei sie die wachsende Männlichkeit erfühlte. Sie löste den Gürtel des Bademantels, richtete sich etwas auf, um ungeduldig den Frotteemantel abzustreifen.

Marc positionierte sie erneut auf den Schoß, den blanken Po permanent an die Härte drückend. Die Hände auf Emilias Schenkeln wanderten im Zeitlupentempo höher dem Lustzentrum entgegen.

Seufzend, wiederholt den behutsamen Berührungen unterwerfend, breitete sie die Schenkel auseinander, öffnete den Weg zum Zentrum.

Ohne Vorwarnung drang er mithilfe des Zeigefingers in sie ein, massierte zusätzlich die angeschwollene Lustperle.

Ihr Puls raste, die Finger stießen fordernder – die Nässe ließ alles dahin flutschen. Gierig griff sie von vorne durch die Oberschenkel, um die Kostbarkeiten aus den Shorts zu befreien.

Marc reagierte prompt, indem er Emilias Hüften leicht anhob, damit sie das Prachtstück freilegte. Wie eine Lanze schnellte der Speer empor; rutschte direkt inmitten der feuchten Beine.

Sie umfasste die Rute, presste sie gegen die Schamlippen, rieb stürmisch, ekstatisch. Die Eichel hieb unterdessen wiederholt an den gereizten Kitzler, brachte Emilia an den Rand des Wahnsinns.

Sie schwitzte, hörte Marcs keuchende Atmung am Ohr. Der zwischen den nassen Schenkeln eingeklemmte Penis bereitete lustvolle Pulswellen.

Sie wollte endlich mehr, ihn intensiv aufnehmen.

Sie beugte sich einladend vor.

Augenblicklich packte er ihr Gesäß, hob sie an, drang quälend bedächtig in sie ein.

Sie sog hörbar die Luft ein.

Er füllte sie schon wieder fantastisch aus.

In sachten Bewegungen stieß er zu, umfasste den wippenden Busen, zwirbelte die aufgerichteten Nippel.

Stromschläge schossen in Emilias Liebeszonen, ließen sie erzittern. Er küsste knabbernd hauchzart die Linie des Halses entlang, die seidigen Brüste in den Händen gefangen. Unnachgiebig fordernd schlugen die Lenden, härter, er keuchte schwer.

Emilia fieberte darauf, die angestaute Spannung zu entladen. Heftig massierte sie aufstöhnend die Lustperle, drückte, knetete. Innerhalb von Sekunden reagierte das Lustzentrum. Wellen der Ekstase durchfluteten sie wie ein explodierendes Feuerwerk, das ihn endgültig mitriss.

Marcs Laute hallten in ihr nach, einem erotischen Echo gleich.

Glücklich erschöpft lehnte sie sich zurück in die Arme. Für einige Minuten genossen sie aneinander gekuschelt stillschweigend den erlebten Sinnesrausch.

Emilias Magen knurrte durchdringend. Vorsichtig löste sie die Umarmung, stand auf, fasste energisch seine Hände, zog auffordernd daran. »Komm, mein wunderbarer Liebhaber, lass uns zusammen duschen gehen und danach endlich frühstücken. Ich habe einen Bärenhunger.«

Grinsend gab er ihrem nackten Hintern einen leichten Klaps.
»Was für eine verlockende Einladung.«

»Hey, das ist keine Aufforderung zum ... weiter machen.« Lachend legte sie einen Spurt ins Badezimmer hin, wobei sie neckisch mit den Hüften wackelte.

Fasziniert schaute er ungeniert hinterher, genoss den sexy Anblick. »Verdammt heiß siehst du aus: Socken, ein Ring und ganz viel reizende Emilia-Haut.« Marc folgte leichtfüßig den Flur entlang, schloss sie in die Arme, drückte sie an die Wand, küsste sie leidenschaftlich.

»Mein Wunsch ist, dass die fremde, erotische Emilia noch ein bisschen da bleibt. Sie gefällt mir ausgesprochen gut.«

Die ehrlichen, sinnlich geflüsterten Worte berührten sie, machten sie glücklich. Sie schaute strahlend in die tiefgründigen Augen.

»Sie hat versprochen zu bleiben.«

Kapitel 7

Freitag
11. Juli

E milia seufzte frustriert. Sie stand jetzt mittlerweile eine halbe Stunde unschlüssig im Schlafzimmer vor dem Kleiderschrank, unfähig, eine Entscheidung zu treffen. Der Blick schweifte unsicher vom halb leeren Schrank Richtung Bett, wo ein enormer Berg Kleidung aufgestapelt lag. Röcke, Hosen und Blusen bildeten ein wirres Durcheinander, achtlos übereinander geworfen.

Was sollte sie bloß heute Abend anziehen? Was zog man zu so einem Event an? Einer Dildo-Party ausschließlich für Frauen.

Sunny hatte sie letzten Samstag eingeladen. Sie waren nach endloser Zeit endlich zum Shoppen in der Hamburger Innenstadt verabredet. Am Schluss der Einkaufstour saßen sie in einem der zahlreichen gemütlichen Bistros, jede mit einem Eiskaffee versorgt. Die Sonne spiegelte die Schiffe im nahegelegenen Wasser, zauberte eine warme Atmosphäre über die Binnenalster. Erschöpft schlürften sie den kühlenden Kaffee. Im Verlauf des ausgelassenen, typischen Frauengesprächs berichtete die Freundin von dem Frauenabend, den eine Bekannte ausrichtete. Sie schwärmte regelrecht davon. Am Ende bot sie an mitzukommen, sie bedrängte sie geradewegs.

Interessiert sagte sie spontan zu.

Ausgesprochen mulmig wurde es ihr jetzt bei dem Gedanken an den bevorstehenden Abend, sie hatte lediglich eine vage Vorstellung vom Ablauf. Sunny plauderte keinerlei Details aus. Immerhin, in Bezug auf Sexspielzeug hatte Emilia ein bisschen Erfahrung. Vor Kurzem hatte sie einen wasserfesten Minivibrator im Internet bestellt, den sie seitdem regelmäßig unter der Dusche benutzte.

Den gab sie nie mehr her, so viel stand fest.

Marc hatte keine Ahnung von den heimlichen Spielchen. Sie wollte den Vibrator ungestört ausprobieren und genießen. Bisher fehlte ihr allerdings der Mut, das reizende Geheimnis preiszugeben.

Das war typisch!

Entrüstet schnaufte sie auf, wühlte stürmisch in dem Kleiderhaufen.

Ständig die unangenehmen Hemmungen. Zum Verzweifeln.

Trotzdem sprühte sie vor sexuellen Fantasien, die sie weiterhin versuchte, in die Tat umzusetzen. Die letzten Wochen gelang es Emilia vermehrt; dennoch kam ab und zu unerfreulicherweise die Schüchternheit zurück. Darum hatte sie spontan die Einladung der Freundin zur »Frauenparty« angenommen. Entschlossen griff sie in den Stapel Kleidung auf dem Bett, fischte die Lieblingsjeans, das cremefarbene Top und die grüne Bluse heraus.

»Ganz normal«, antwortete Sunny auf die Frage, was man zu so einer Party anzieht. »Stell dir vor, du triffst dich mit ein paar Freundinnen auf ein Glas Sekt zu einem gemütlichen Abend.« Bequemes chic war demnach angesagt. Gedankenverloren sah Emilia zum Funkwecker auf dem Tischchen, sie erschrak heftig. Gleich 18 Uhr. Sie musste sich beeilen.

Bei der anstrengenden Anprobiererei hatte sie jegliches Zeitgefühl verloren. Flink begann sie, das Chaos auf ihrem Bett zu beseitigen.

»Immer noch nicht angezogen?« Marc stand amüsiert in der Schlafzimmertür, genoss den reizvollen Anblick der Freundin; lediglich in BH und Slip, das feine Gesicht umrahmte eine wirre Feuermähne. »Wann beginnt noch mal die ominöse Party für Frauen?«

Emilia blieb stur. Schmollend murmelte sie vor sich hin. Sie wollte auf keinen Fall auf seine Frage eingehen.

Ständig zog er sie auf.

Seit sie ihm von der Einladung erzählt hatte, machte er überflüssige Bemerkungen darüber. Er kannte sie mittlerweile, wusste genau, dass der bevorstehende Abend nervöses Unbehagen auslöste.

Und er stocherte zusätzlich in die Wunde.

»Um 20 Uhr«, sagte sie kurz angebunden, während sie zügig die Kleider in den Schrank einsortierte.

»Ach komm, sei nicht sauer. Es tut mir leid, wenn mein Verhalten dich verärgert hat.« Marc ging rasch auf sie zu, legt die Arme liebevoll um Emilia. »Es ist absolut anregend, dass du zu einer Dildo-Vorstellung gehst. Das wird unterhaltsam. Ich bin ehrlich gespannt, was du dir aussuchst.«

Zärtlich schob er sie eine Armlänge auf Abstand, betrachtete ihr attraktives Gesicht. Ein außergewöhnlicher Glanz schimmerte in den katzengrünen Augen. Den Ausdruck kannte er. Den hatte sie ausschließlich bei sexueller Erregung.

Sie entzog sich hastig dem durchdringenden Blick.

Verdammt, manchmal glaubte sie, er konnte hellsehen. Ob er bemerkte, dass mich der Gedanke an die Party erregt? Na, und wenn schon. Keinerlei Versteckspiel mehr.

Sie überspielte die aufkommende Unsicherheit, versuchte ihn selbstbewusst anzuschauen. »Soll ich irgendetwas für dich mitbringen, mein Liebling? Was wünschst du dir?« Die sinnlich gehauchten Fragen verklangen behäbig im Raum.

Keine Antwort.

Amüsiert beobachtete jetzt Emilia, dass Marc seinerseits verlegen war. Mit den direkten Worten hatte er nicht gerechnet. Nach Fassung ringend löste er die Umarmung, vergrub die Hände in den Taschen der Jeans.

Sie grinste belustigt.

Der coole, lässige Typ hatte ebenfalls eine schüchterne Seite.

Lächelnd fasste sie sanft Marcs Arm, schaute geradewegs in die herrlich wasserblauen Augen. »Liebling, ich soll ehrlich über sexuelle Wünsche sprechen. Also, Sexspielzeug steht ganz oben auf meiner Wunschliste. Es könnte unser Liebesleben auf angenehme Weise bereichern.«

Sprachlos wegen der Offenheit starrte er sie erstaunt an. Erst schüchtern und zurückhaltend, dann aufgeschlossen und direkt. Emilia, so kannte er sie. Immerfort für eine Überraschung gut.

Marc legte stumm die Hände um Emilias Nacken, fuhr zärtlich in die lockig-rote Mähne, hauchzart fanden die Lippen zueinander. »Du machst mich wahnsinnig; ich bin verrückt nach dir.« Er zog sie dicht heran, drückte den Unterleib gegen das Becken. Drängend erforschte die Zunge den samtigen Innenraum des Mundes. Hitze überflutete den Körper, ein angenehmes Kribbeln erfüllte die Scham. Die Männlichkeit war deutlich spürbar.

Oh, wie sie den Mann begehrte.

Ihn und die gemeinsamen Liebesspiele.

Das Höschen benetzte eine sinnliche Feuchtigkeit, die die Lust zusätzlich steigerte. Mit letzter Kraft löste sie die Umklammerung bemüht, die aufkommende Erregung zu unterdrücken.

»Das muss bis nachher warten, keine Zeit.« Lachend schenkte sie ihm einen aufreizenden Augenaufschlag, griff die ausgesuchte Kleidung, eilte ins Badezimmer. Marc folgte ihr zielstrebig. »Ich bin dir noch eine Antwort schuldig.«

Von den Worten irritiert, blieb sie stehen, schaute fragend zurück. »Es wäre großartig, wenn du mir irgendetwas mitbringst.« Durchdringend fixierte er sie. »Was ist egal. Du entscheidest.«

Emilia starrte fassungslos. Damit hatte sie unter keinen Umständen gerechnet. Jetzt war sie in Zugzwang.

Sie musste heute Abend ein Geschenk für ihn aussuchen. Resigniert gab sie nach. »Na gut, versprochen. Lass dich überraschen.« Sie zog eilig ihre Unterwäsche aus, griff im Vorbeigehen ein Handtuch, öffnete die Duschtür. »Muss mich beeilen, sonst komme ich zu spät!«

Er lachte amüsiert auf. »Das ist ein Gerücht! Mithilfe deines unbekannten Freundes unter der Dusche kommst du garantiert rechtzeitig.«

Emilia fuhr entsetzt herum, aber Marc war rasch geflüchtet.

Verdammt, woher wusste er das von dem Vibrator?

Gedankenversunken stellte sie den Wasserhahn an, ließ das lauwarme Nass herunter prasseln.

Auch okay. Endlich kannte er jetzt das Geheimnis. Sie brauchte das geliebte Spielzeug nicht mehr verstecken.

Entschlossen öffnete sie den Schrank mit den Badeutensilien, griff nach hinten durch, holte den Auflegevibrator heraus. Gewand huschte sie in die Dusche und begann ihr lustvolles Ritual.

✳ ✳ ✳

Marc saß auf dem Balkon in der Lounge-Ecke, nippte an der eisgekühlten Cola. Das unangenehme Gewissen plagte, ließ ihn nicht zur Ruhe kommen. Er hatte es mit den Sticheleien in der vergangenen Woche ein bisschen übertrieben. Emilia reagierte so empfindlich. Er war aber auch ein Trottel! Anstatt sich zu freuen, dass sie in sexuellen Dingen, aufgeschlossener wurde, verärgerte er sie. Er sollte sie unterstützen. Und was unternahm er stattdessen?

Wütend setzte er das Glas eine Spur zu heftig auf den Tisch, es schwappte über. Gedankenversunken wischte er die entstandene Pfütze mit dem Taschentuch auf. Zusätzlich hatte er auch noch deutlich zu verstehen gegeben, dass er Emilias Dusch-Geheimnis kannte. Es schockierte sie natürlich. Kein Wunder!

Und wie reagierte er? Ließ sie einfach stehen! Was sie jetzt wohl von seinem Verhalten hielt? Bestimmt nichts Gutes.

Unruhig rutschte er auf die Kante der Lounge nach vorne.

Sie hatte eine Entschuldigung verdient, und zwar sofort.

Entschlossen stand er auf, ging zügig Richtung Badezimmer. Er hörte das Duschwasser prasseln, die Badezimmertür war lediglich angelehnt. Vorsichtig schob er die Tür einen Spalt auf, er wollte sie nicht erschrecken.

Lustvolles unterdrücktes Stöhnen klang ihm entgegen. Er verharrte, schaute irritiert in den gegenüberliegenden Spiegel, der die Duschkabine reflektierend einfing. Fasziniert starrte er auf das erregende Bild, das geboten wurde.

Da lehnte sie, den Rücken an den Wandfliesen abgestützt, die Beine weitläufig gespreizt, das Becken nach vorne geschoben. Der Duschkopf war so platziert, dass er gezielt auf den Busen strahlte, die rosigen Nippel reizte, sie steil aufstellte. Der Blick wanderte hinunter, über die schlanke Taille, blieb in der Höhe des glattrasierten Venushügels hängen.

Mit dem Zeige- und Mittelfinger der linken Hand spreizte Emilia die Schamlippen ausladend auseinander, wodurch sie dem Auflegevibrator ungehinderten Zugang zu ihrem Lustzentrum gewährte.

Das Herz pochte ungebändigt in Marcs Brust, so als wollte es herausspringen. Der Puls trieb das beschleunigte Blut durch den Körper, brachte die Männlichkeit zum Glühen. Er wusste, dass er sich spätestens jetzt bemerkbar machen sollte.

Doch er blieb wie angewachsen im Türrahmen stehen, unfähig, dem sinnbetäubenden Anblick der masturbierenden Freundin zu entkommen. Sie zog ihn auf stimulierende Weise magisch an. Emilia genoss unterdessen mit verschlossenen Augen die reizenden Impulse des erotischen Spielzeuges. Sie schien alles herum zu vergessen, komplett versunken in den wellenförmigen Kreisen der Lustschauer. Automatisch regulierte sie am Aufsatzvibrator die Intensität des Druckes.

Sofort reagierte ihr Körper auf die erhöhte Frequenz. Den Oberkörper aufbäumend, begannen die Muskeln der seidigen Oberschenkel zu zittern. Ein unterdrückter Schrei entfuhr dem leicht geöffneten Mund. Blind bewegte sie angeregt den Busen unter dem Wasserstrahl, sodass die gehärteten Nippel zusätzlich empfindlich erregt wurden. Das Becken vollführte einen rhythmischen Tanz im Einklang mit der stimulierenden Wirkung des Vibrators.

Sie keuchte.

Marc schwitzte zunehmend. Das T-Shirt klebte an dem muskulösen Brustkorb fest. Wie von selbst fand er den Weg zum Reißverschluss der Jeans, verschaffte sich Zugang zu der geschwollenen Männlichkeit. Er stöhnte verhalten, als die Erektion in die geöffnete Hand schnellte. Geruhsam, bedächtig streichelte er das Glied, wobei er das lustvolle Treiben verfolgte; hilflos gefangen im Rausch der Gefühlsmomente. Ihr Stöhnen schürte das Feuer der Lust ins Unermessliche.

Eine Bewegung mehr und er würde kommen.

Emilia löste mittlerweile die Finger aus dem Lustbereich, umkreiste kurz den Ansatz des Vibrators, führte sie anschließend intensiv aufstöhnend in die Liebeshöhle hinein. Immer stürmischer stieß sie zu, es gab kein Halten. Der Körper zitterte vom Orgasmus geschüttelt, währenddessen sie die angestaute Leidenschaft herausschrie.

Zu viel für Marc.

Eine Woge der Ekstase riss ihn fort, unaufhaltsam der Erlösung entgegen, bis zur Erleichterung. Am Türrahmen festhaltend unterdrückte er schwer atmend das Stöhnen, versuchte, die Kontrolle zurückzugewinnen.

Hastig eilte der Blick zum Spiegel. Emilia hockte zusammengesunken am Duschboden, hatte seine Anwesenheit nicht bemerkt.

Ein Glück! Es wäre ihm peinlich gewesen, erwischt zu werden.

Im Augenblick wollte er ihr das Geschehene auf keinen Fall beichten.

Vielleicht ergab sich bald die passende Gelegenheit.

Lautlos schlich er ins Gäste-WC, um die Spuren zu beseitigen.

Kapitel 8

Ratlos stand Emilia im Eingangsbereich des Hochhauses, suchte verzweifelt das richtige Klingelschild in der Menge.

Wie hieß denn noch mal Sunnys Bekannte?

Lara ...

Verdammt, sie hatte glattweg den Nachnamen vergessen. In diesem Haus wohnten ausgerechnet drei Laras. Welche Klingel sollte sie benutzen?

Gleich schon acht.

Eigentlich wollte sie sich vor dem Eingang mit Sunny treffen. Schließlich war es ihre Einladung und sie lediglich die Begleitung.

Aus der Nähe hörte sie das geräuschvolle Klackern von Absätzen.

Endlich.

Erleichtert begrüßte sie die Ankommende. »Du bist spät dran!«

»Hab die erste U-Bahn verpasst.« Schnaufend, nach Luft ringend stürzte sie in Emilias Arme. »Supersüß, dass du gewartet hast.« Strahlend gab sie der Freundin einen dicken Kuss auf die Wange.

»Hey, nicht so stürmisch.« Lachend ergriff sie Sunnys Hand. »Ohne dich hätte ich mich auf keinen Fall rein getraut.«

»Ach Süße, auf die Zurückhaltung kannst du verzichten. Nachdem was du mir in puncto Liebesleben in den letzten Wochen erzählt hast. Du und schüchtern? Ist doch alles nur Tarnung. In Wirklichkeit bist du eine extrem geile experimentierfreudige Maus.«

Fassungslos starrte Emilia sie an. Die Offenheit schockierte sie, machte sie sprachlos; das Gesicht fing an zu glühen.

Sunny kannte sie wahrhaftig gut. Kein Wunder, dass sie die entflammte Sexualität bemerkte.

Sie bewunderte die Sensibilität, das Einfühlungsvermögen der Freundin. Sie war mit Abstand die beste Zuhörerin. Über sexuelle Details hatten sie jedoch trotz der Vertrautheit nie gesprochen; sie hatte eben die außergewöhnliche Gabe zwischen den Zeilen zu lesen.

»Ach komm, du brauchst nicht verlegen werden. Bei mir sind deine Geheimnisse ausgezeichnet aufgehoben.« Sie legte lächelnd den Arm um Emilias Taille, drückte sie. »Beeilung, ansonsten verpassen wir noch den Beginn der Vorstellung.«

Eilig betätigte sie den Klingelknopf. »Jetzt genieß den Abend. Such dir die erregendsten heißesten Sachen heraus.« Bittend, mit rot glühenden Wangen strahlte sie die Freundin an.

Deutlich fühlte Emilia eine Hand auf ihrem Po, die sie kaum spürbar streichelte. Ein angenehmes Kribbeln verbreitete sich von der Stelle über den gesamten Körper, irritierte sie.

Der Türknopf summte.

Der Händedruck wanderte gemächlich, streifte nebenbei wie zufällig um die Rundung der Pobacke, ehe er vollauf verschwand und schwungvoll die Haustür aufdrückte. Ein erregender Schauer erfasste unverhofft Emilias Unterleib. Die Berührung war hauchzart und dennoch außergewöhnlich intensiv gewesen.

Während sie Sunny stumm in Richtung Fahrstuhl folgte, schaute sie verstohlen auf die reizende Rückenpartie.

Die zierliche Taille, die wiegenden Hüften, die schlanken hochgewachsenen Beine in den leuchtend roten High Heels. Sie hatte eine traumhafte Figur, die durch das eng anliegende, dunkle Spaghettikleid perfekt in Szene gesetzt wurde. Die honigblonden spiegelglatten Haare im Nacken zu einem aufgelockerten Knoten lässig zusammengefasst, gaben einen anziehenden Kontrast zu der gebräunten Haut. Sie schnupperte den feinen Duft des Shampoos, das sie an frische Erdbeeren erinnerte.

Noch nie hatte sie die Freundin derart gemustert, die sexuelle Anziehungskraft wahrgenommen. Emilia errötete abermals. Eine wohlige Wärme durchströmte den Körper. Die aufkommenden widersprüchlichen Empfindungen verwirrten sie.

Waren die Berührungen vor der Tür Zufall oder gewollt? Wieso reagierte sie überhaupt so extrem darauf?

Sie bemerkte überrascht, dass sich die Knospen ihrer Brüste steil aufrichteten, während sie auf das knackige Hinterteil starrte. Die Scham begann zu pochen, Feuchtigkeit benetzte den Slip.

»Komm schon!«

Sunny riss sie unvermittelt aus dem Gefühls-Wirrwar, indem sie Emilias Hand ergriff und in Richtung geöffneter Fahrstuhltür zog.

Zügig stiegen die Freundinnen ein.

Kapitel 9

J n der winzigen WG-Wohnung herrschte ausgelassene
Stimmung. Zur Begrüßung reichte man ein Glas Erdbeerbowle. Fröhlich stießen sie gemeinsam auf einen ereignis-
reichen, aufregenden Abend an. Acht Studentinnen plus die Beraterin drängten lachend und schwatzend in das größte der vor-
handenen Zimmer. Jede fand erstaunlicherweise einen passenden Sitzplatz.

Zu ihrer Überraschung kannte sie die Mädchen überwiegend.
Lucy belegte ebenfalls den gleichen Kurs für Grafik und Fotogra-
fie an der Uni. Die anfängliche Nervosität ließ zunehmend nach. Erleichtert
begann Emilia, zu entspannen. Sie saß zusammen mit Sunny in
einem uralten, monströsen Ohrensessel, der sie aufgrund der
heftig ausgeleierten Polsterung beinahe zu verschlucken schien.
Sie kicherten darüber wie alberne Kinder.

Durch die geöffnete Tür des angrenzenden Balkons zog eine
angenehm kühle Sommerbrise in das aufgeheizte Zimmer, mil-
derte die Schwüle.

Ein Glück, dass sie zu Hause in letzter Minute doch noch in den luftigen Rock anstatt der Lieblingsjeans geschlüpft war. Die perfekte Wahl für die anhaltende Abendhitze. Die überflüssige grüne Bluse lag längst unbeachtet über der Sessellehne.

Was Sunnys angeblichen Annäherungsversuch vor der Haustür betraf: Da musste sie sich getäuscht haben. Das Verhalten der Freundin war absolut normal. Keinerlei Anzeichen, dass sie mehr empfand als reine Freundschaft. Das vorangegangene Duschritual hatte scheinbar die körperliche Sensibilität gesteigert.

Kein Wunder!

Die sexuelle Erregbarkeit hatte in den vergangenen Wochen zugenommen; die daraus entstandenen Orgasmen schienen ausgeprägter, befriedigender. Sie genoss die ungewohnt erwachte Sinnlichkeit.

Letztendlich saß sie jetzt im Augenblick mit sieben anderen gleichgesinnten Mädels zusammengedrängt in der WG auf einer Dildo-Party.

Die Beraterin beförderte soeben die verschiedensten Sexspielzeuge aus dem monströsen Koffer heraus. Emilia kannte einzelne von diversen Internetseiten, wo sie den wasserdichten Auflegevibrator bestellt hatte. Es war auf jeden Fall viel reizvoller, sie in Natura zu sehen und zu befühlen.

Gelächter, Stimmengewirr, das Summen der Spielzeuge erfüllte unterdessen den Raum. Die Frauen reichten die Objekte herum, probierten interessiert die verschiedenen Funktionen der Modelle.

»Den kann ich dir wärmstens empfehlen.«

Die geflüsterten Worte am Ohr drangen gemächlich in den Verstand hinein, holten sie aus den Gedanken zurück.

Emilia schaute auf den G-Punkt-Vibrator, den sie krampfhaft umklammerte und der auf maximaler Stufe auf dem Schoss vibrierte.

Wie lange saß sie schon so da?

Das Blut pulsierte in den Schläfen. Verstohlen umblickend versuchte sie, die Vibration abzustellen; in der Hektik fand sie allerdings nicht die passende Taste. Im Gegenteil, der fingerförmige Silikonteil vollführte jetzt zusätzliche wellenförmige Bewegungen. Verzweifelt drückte sie heftig auf die Knöpfe.

»Lass mich mal machen.« Lächelnd entwand Sunny ihr das zuckende pinkfarbene Spielzeug aus der Hand.

Erleichtert beobachtete sie die Freundin, die das Teil blitzschnell zum Schweigen brachte.

»Ich habe das gleiche Modell, nur in Lila; es ist ausgesprochen leicht zu bedienen.« Ungeniert lässig hantierte sie am Sexspielzeug herum. »Die Fingerfunktion ist wahnsinnig geil«, flüsterte sie. »Die stimuliert die intimsten Hotspots viel besser als ein reiner Vibrator, dein G-Punkt wird unglaublich intensiv massiert.«

Emilia musterte sie erstaunt.

Offensichtlich hatte sie umfangreiche Kenntnisse in sexuellen Praktiken einschließlich Spielzeuge. Sie könnte eine Menge von ihr lernen.

Darum nahm sie ja auch an der Dildo-Party teil. Vielleicht die beste Gelegenheit, die angeborene Schüchternheit endgültig abzulegen. In Sunny hatte sie anscheinend die passende Lehrmeisterin gefunden.

Bei dem Gedanken grinste sie unwillkürlich.

Ich, die Sexschülerin. Eine außergewöhnlich frivole Vorstellung.

Genau das faszinierte und erregte sie. Aufmerksam lauschte sie gespannt den detaillierten Ausführungen der Freundin, die mittlerweile die Stimme senkte.

»Verstehst du, was ich meine? Die Fingerfunktion mit den Wellenbewegungen, ich ejakuliere davon jedes Mal enorm.«

Emilia riss die Augen auf, schaute zweifelnd in Sunnys Gesicht, versuchte, darin zu lesen.

Meinte sie es ernsthaft?

Sie hatte zwar von der weiblichen Ejakulation gehört, doch existierte sie in Wirklichkeit?

»Du hast es noch nie erlebt?« Die Freundin rutschte hauteng heran, legte sanft den Arm um die Taille, flüsterte zärtlich aufregende Details ins Ohr. »Es ist ein irrsinniges Gefühl und die Männer stehen drauf, glaub mir.«

Emilia empfand bei den sinnlichen Schilderungen ein angenehmes Kribbeln, das den Körper durchzog, die Körperhärchen aufstellte. Hitze durchströmte sie, die nichts mit den sommerlichen Temperaturen zu tun hatten, brachten den Schoß zum Pulsieren.

Waren es die lebhaften Bilder im Kopf, ausgelöst durch die ansprechenden Erzählungen oder die ungewohnte intime Nähe von Sunny, die sie dermaßen erregte?

Erschrocken bemerkte sie, dass die harten Knospen des Busens das dünne Top zu durchbohren versuchten.

Unübersehbar.

Verstohlen umschauend verschränkte sie hastig die Arme über der Brust, um die aufkommende Geilheit vor den Blicken der anderen zu verstecken. Überraschend registrierte sie die Berührung der Freundin, die sanft die Hände ergriff und sie hinreißend anlächelte.

Die bernsteinfarbenen Augen strahlten wissend. »Beruhige dich. Kein Mensch hat mitgekriegt, dass in dir ein geiles Mäuschen schlummert. Außer mir, aber das bleibt unter uns.«

Die geflüsterten Worte, die intensiven, zärtlichen Augenblicke, die vertraute Intimität verwirrten Emilia vollkommen. Die ausgelösten Gefühle verunsicherten sie zusätzlich.

Wie konnte das passieren? War sie etwa lesbisch?

Unmöglich!

Sie liebte Marc und den gemeinsamen Sex.

Trotzdem, Sunny zog sie auf geheimnisvolle Weise in einen betörenden Bann. Sie begann, die erotisierende Nähe zu genießen, fühlte winzige elektrisierende Impulse an den Stellen, wo die Körper zufällig aneinander trafen.

»Wir machen jetzt eine kurze Pause.« Die forsche Stimme der Dildoberaterin holte Emilia schlagartig in die Gegenwart zurück. »Dann haben sie genug Zeit, in Ruhe die Funktionen der Erotikspielzeuge auszuprobieren. Sie sollen sich ja für das Richtige entscheiden. Bei Fragen stehe ich natürlich jederzeit zur Verfügung.« Augenzwinkernd verließ die Beraterin das Zimmer Richtung Balkon.

Behutsam löste Sunny die verschlungenen Hände, griff erneut nach dem pinkfarbenen Fingervibrator. »Also den nimmst du auf jeden Fall!« Vorbeugend begutachtete sie prüfend die anderen Spielzeuge, die verstreut auf dem Tisch lagen. Zielsicher schnappte sie das auserwählte Teil, legte es Emilia triumphierend in den Schoß.

»Das solltet ihr auch unbedingt zusammen ausprobieren. Ein Paar-Vibrator. Das schlanke Ende führst du vaginal ein, das dicke Ende stimuliert deine Klitoris.« Die Freundin sah sie vielsagend an. Die Pupillen blitzten erregt. »Er führt sein bestes Stück zusätzlich in dich ein. Mit der kabellosen Fernbedienung wird das Ganze dann lustbringend gesteuert.«

Sie starrte fasziniert das schwarze Toy auf dem Rock an.

Sie schien zu wissen, wovon sie sprach.

Alleine die Vorstellung an die Mehrfachstimulation des Intimbereiches verursachte ein immenses Kribbeln in der Bauchgegend.

»Kannst du nachempfinden, was es auslösen wird?« Sunny schmiegte sich diskret an Emilias Schulter; stülpte unauffällig eine Hand auf das Knie, währenddessen die andere geschickt von hinten an den Po drückte.

Flackernde Hitze durchfuhr den Schoss. Der Liebessaft durchnässte das Höschen.

Eine knisternde Spannung hing in der Luft. Die Finger wanderten gemächlich hinauf bis an den Schritt, legten eine heiße Brandspur.

Emilia hielt überrascht und erregt den Atem an. Hektisch ließ sie den Blick im Raum schweifen, atmete erleichtert auf.

Ein Glück, die Frauen hatten den Austausch der Zärtlichkeit nicht bemerkt.

»Entspann dich, die sind alle beschäftigt.« Die geflüsterten Worte brachten Emilias Herz zum Klopfen.

Die Freundin suchte sexuelle Nähe.

Jetzt massierte sie die Liebesperle durch den dünnen Stoff des Slips.

Zunehmend erotisiert drehte sie den Kopf herum. Augenblicklich verfing sie sich in die bernsteinfarbenen Tiefen, die mehr versprachen.

»Du wolltest doch für Marc ein Geschenk aussuchen?« Liebevoll löste sie die Hand vom Lustzentrum. »Mir fällt da spontan das Passende ein.« Präzise fingerte sie nach einem Penisring plus Vibrationsfunktion. »Wenn er den beim Sex trägt, wirst du zusätzlich intensiv gezielt gereizt.«

Sprachlos bewunderte sie die Freundin.

Sie hatte offenbar weitläufigere Erfahrung als jede Fachberaterin. Umso besser.

Dann musste sie selbst keinen Vibrator aus der Menge auswählen.

Emilia lächelte belustigt.

Mit bester Empfehlung von Sunny. Da konnte ja nichts schief gehen.

Grinsend schaute sie ihr ins Gesicht. »Okay, auf deine Verantwortung. Ich bestelle alle drei Spielzeuge.«

Herzliches Lachen war die Antwort. »Du meinst wohl, viel hilft viel?«

Die Freundinnen prusteten los. Die gewohnte Unbefangenheit kam zurück. Sie erhoben die Bowlegläser, prosteten einander zu. »Auf einen ausgedehnten erotischen Abend!«

✳ ✳ ✳

»So, meine Damen, ich bitte kurz um eure Aufmerksamkeit. Wenn ihr die Dessous jetzt anprobiert, achtet auf die Hygienevorschriften; Höschen anbehalten. Bei Fragen wendet euch jederzeit gern an mich. Viel Vergnügen!« Augenzwinkern gab sie den Weg zu den rollbaren Kleiderständern frei, an dem die zuvor präsentierte Reizwäsche hing.

Ein buntes Durcheinander an Farben, Formen und Größen. Eine enorme Auswahl an BHs, Corsagen und Strapsen. Am zweiten Ständer lockten Lack- und Lederkleider direkt neben betörenden Catsuits. Auf dem Boden lagen aufgestapelte Kartons mit diversen Schuhen: von High Heels bis Overknees.

Wie im Schlussverkauf stürzten die Mädchen los, wühlten lachend in den Kleidungsstücken. Stimmengewirr erfüllte erneut den Raum.

Die Beraterin entwischte schmunzelnd wieder auf den Balkon, eine wohlverdiente Tasse Kaffee in der Hand.

Die Freundinnen saßen währenddessen plaudernd in dem gemütlichen Ohrensessel. Die anhaltende Wärme, der Alkohol der Erdbeerbowle erzeugte eine angenehme Trägheit. Sie beobachteten amüsiert das fröhliche Treiben der Mädels um sie herum. Vier von ihnen verschwanden schleunigst mit der eroberten Beute zum Anprobieren in Richtung der anderen Zimmer.

Sunny stand schwunghaft aus dem Sessel auf, zog an Emilias Arm. »Komm schon, genug ausgeruht. Wollen doch mal sehen, was es da Heißes für meine Sexy-Lady gibt.« Wiegenden Schrittes tänzelte sie davon.

Emilia schaut fasziniert auf den wohlgeformten Po der Freundin, der sich deutlich durch das eng anliegende Kleid abzeichnete. Schauer der Erregung rieselten schwerfällig den Rücken hinab.

Lodernde Hitze überzog ihre Haut, entfachte ein ungezügeltes Feuer der Leidenschaft. Hilflos gefangen im Anblick der zauberhaften Frau.

»Ich habe da eine Idee, das wird deine traumhaften Kurven angemessen in Szene setzen«, ertönte eine Stimme, holte sie abrupt aus den Träumereien. Sunny musterte prüfend den zweiten Kleiderständer, zog triumphierend das auserwählte Teil heraus.

Emilia betrachtete den pinken Hauch eines transparenten Nichts. Ein Catsuit Ouvert mit eleganten Streifen und angedeuteter Schnürung am Bauch und Rücken. Der Corsagen- und Strapsstrümpfe-Look bildeten eine perfekt erotisch verhüllende Einheit. Wahnsinnig aufreizend.

Die Freundin warf den Kopf herum, grinste sie mitsamt einem koketten Augenaufschlag an. »Dein Freund wird begeistert sein.«

Der Ausdruck des Gesichtes verriet etwas anderes. Die Silbersprenkel in den Augen blitzten. Feuriges Begehren ließen sie strahlen.

Sie will mich in dem Netzcatsuit sehen, Marc ist ihr egal!

Wie Blitze schossen die Gedanken durch Emilias Innerstes.

Sunny begehrte sie. Wollte sie mehr?

Was passierte als Nächstes?

Die Überlegungen jagten ungebändigt durcheinander. Das Herz pochte ungezügelt in der Brust, die Magengrube flatterte, die Beine begannen zu zittern.

»Emilia?« Die Finger streiften federleicht über die Haut, holten sie in die Gegenwart zurück.

Erschrocken huschte der Blick zu dem ebenmäßigen Gesicht der Freundin. Die Bernsteinaugen hielten sie herausfordernd gefangen. Erneut überkam sie das Gefühl, sie könnte Gedanken lesen. Rasch entzog sie sich der eingehenden Prüfung, senkte unsicher den Kopf.

Verdammt, was passierte in diesem Moment?

Warum war sie so verwirrt?

»Hier, halt bitte mal fest.« Energisch drückte Sunny ihr das pinkfarbene Netzteil in die Arme, griff nochmals zielsicher in den Kleiderständer, zog den gleichen Catsuit in schwarzer Farbe heraus. »Lass uns ein ungestörtes Plätzchen suchen und die heißen Fummel anprobieren.«

Lachend packte sie die Handtasche vom Sessel, ergriff Emilias freie Hand und eilte zielstrebig in den Flur.

Kapitel 10

ie Freundinnen standen in dem winzigen Badezimmer, dem einzigen freien ungestörten Platz in der Wohnung. Die Kleidung lag verstreut auf dem Badevorleger, der nahezu den gesamten Boden des Raumes komplett einnahm. Beide trugen den Netzcatsuit, der mehr entblößte, als verdeckte.

Die Blicke schweiften fasziniert über die weiblichen Rundungen der anderen. Emilia senkte verlegen den Kopf. Niemals zuvor hatte sie sich der Freundin in dermaßen aufreizenden Dessous gezeigt.

»Komm her!« Sunny streckte bittend den Arm aus.

Die Sanftheit der Stimme ließ sie aufblicken. Mit kurzen, zögernden Schritten folgte sie der Aufforderung, blieb unmittelbar vor ihr stehen. Zarte Hände umfingen vorsichtig den Nacken, zogen das Gesicht dicht heran. Sofort reagierte der Körper, alles wurde heiß.

Sie schloss die Augen. Unverhofft empfand sie eine hauchzarte Berührung auf den Lippen, angenehm behutsam und warm. Der Kuss dauert endlos, bis sie Luft holte.

In dem Moment drängte Sunnys Zunge forschend in den Mund, ertastete fordernd die Mundhöhle.

Feuriges Begehren durchdrang Emilias intimste Zone. Überrascht von der Intensität des Zungenkusses wich sie erschrocken einen Schritt zurück.

»War das Küssen in Ordnung für dich?«

Die flehentlich geflüsterten Worte berührten Emilia im Innersten. Mutig legte sie die Hände auf die Hüften der Freundin, zog sie dicht heran. So innig, dass jede den Atem der anderen auf der Haut wahrnahm, die ausstrahlende Körperwärme empfing.

Nervös blickte sie auf, der Herzschlag raste, die Atmung beschleunigte.

»Ich war noch nie mit einer Frau zusammen«, stieß sie zwischen zwei aufgeregten Atemzügen hervor.

Liebevoll streichelte Sunny eine widerspenstige kupferne Strähne aus dem Gesicht, umfasste den Nacken, suchte Blickkontakt. »Das weiß ich doch.«

Der hauchzarte Körperkontakt, die sinnliche Stimme brachten Emilias Kopfhaut zum Kribbeln, rührte die erogenen Zonen.

Sie konnte nicht anders.

Die Hände glitten auf den Rücken der Freundin, drückten sie hauteng heran. Aufseufzend presste sie den Mund auf Sunnys, kostete das frische Aroma. Immerfort massiver vordringend, mit kreisenden tupfenden Zungenschlägen.

Jede Berührung traf die Libido der Freundinnen, peitschte sie an, wie in einem Rausch. Heftig umschlungen rieben sie die aufgeheizten Körper aneinander, erforschten die zarte Rückenpartie, kneteten den Po gegenseitig. Dort, wo sie sich berührten, stoben Feuerfunken über die Haut.

Aufstöhnend lösten sie die Lippen voneinander, ohne die Umarmung aufzugeben, zogen scharf den Atem in die Lungen.

Sunny lächelte die Freundin an.»Du bist die allererste Frau, die ich so geküsst habe.«

Überrascht starrte Emilia ihr Gegenüber an, die amüsiert auflachte.

»Du brauchst nicht so skeptisch gucken. Für mich ist das auch das erste Mal. Du bist schuld daran.« Sie neigte den Kopf, hauchte flüsternd:»Dein wahnsinniger Sex-Appeal.«

Emilia erschauerte bei den anheizenden Worten. Die Hände wanderten wiederholt gegenseitig erforschend am Rücken hinab, strichen über die aufreizenden Rundungen von Po und Taille. Dort, wo sie sich berührten, schien die Haut zu verbrennen. Sie konnten die Blicke nicht voneinander lösen, vollkommen im Bann der anderen.

Lustverhangene Smaragde trafen auf glitzernden Bernstein. Ein Knistern lag in der Luft. Die Atmung beschleunigte unkontrolliert, die Brüste gingen im unregelmäßigen Rhythmus auf und ab. Heißes Begehren ließ erneut die Münder zueinanderfinden. Die Zungen tanzten einen ungezügelten Reigen, währenddessen sie weiterhin drängend die Körper ergründeten.

Plötzlich fühlte Emilia eine streichelnde Berührung auf der Innenseite des Oberschenkels, der den Schoß zum Kochen brachte; der Liebessaft floss. Die Finger näherten sich dem Lustzentrum, streiften flüchtig die geschwollenen Schamlippen, fuhren kreisend um den Kitzler. Sie stöhnte in den Kuss, spreizte einladend die Beine.

Sie wollte mehr.

Die Begierde wuchs ins Grenzenlose.

»Du geiles Mäuschen. Du machst mich verrückt.«

Sunnys geraunten Worte ließ das Blut in Emilias Adern wie Lava brennen. Sie fühlte die harten Knospen der Freundin auf der eigenen Haut, der Körper bebte. Zitternd vor Verlangen suchte sie den fremden Spalt, die zu erforschende Liebesgrotte. Gierig umkreise sie die geschwollene Perle, den feuchten Lusteingang, trieb unaufhaltsam einen Finger hinein.

Leidenschaftlich aufstöhnend öffnete Sunny bereitwillig die Oberschenkel. Im Rausch der Lust begann sie ihrerseits, zuzustoßen.

Heftiger, stürmischer.

Eine kraftvolle Welle überrollte Emilia; riss sie in einem gewaltigen Orgasmus davon, wobei sie weiterhin ungestüm die Vulva der Freundin stimulierte.

Unvermittelt ergoss sich ein rhythmischer Strahl Feuchtigkeit in die geöffnete Handfläche, der nicht enden wollte. Gleichzeitig zuckten die Muskeln der Lustgrotte unkontrolliert.

Überrascht schrie Emilia auf.

Sunny stöhnte ungehemmt, spreizte zugleich die Schenkel, währenddessen das Nass ungehindert auf den Boden lief. Die zittrigen Beine drohten nachzugeben.

Vorsichtig glitten die Frauen auf den Badevorleger, hielten sich gegenseitig stützend im Arm. Die Atmung wurde regelmäßiger, der Puls geruhsamer.

Fasziniert schauten sie einander aus lustverhangenen Pupillen an. Ihre Augen spiegelten den Glanz der durchlebten Leidenschaft. Stumm genossen sie die innige Zweisamkeit.

Behutsam löste Sunny den inzwischen wirren Haarknoten, schüttelte kurz den Blondschopf. Das seidig glänzende Haar mit seinem herrlich silbernen Schimmer umrahmte das zarte Gesicht, verdeckte jetzt leicht die Brüste.

Emilia schnupperte den feinen Duft des Erdbeershampoos, das dezente Vanilleparfüm. Dicht aneinandergedrängt vergrub sie die Nase in das glänzende duftende Goldhaar.

So muss ein Engel riechen. Es war so wunderschön gewesen, sie wollte mehr.

Viel mehr.

Erschrocken über die eigenen Gedanken versenkte sie den Kopf intensiv in die Erdbeeren.

Sunny hatte den Arm um sie gelegt, streichelte hauchzart ihre Taille.

Fühlte die Freundin genauso? Für sie war es ja auch das erste Mal mit einer Frau. Kaum vorstellbar bei der erlebten Intensität der Gefühle.

Stillschweigend saßen sie innig umschlungen, genossen die Nähe der anderen. Nach einer Weile empfand Emilia eine sinnliche Berührung auf dem Busen, der rosigen Knospe. Die Lust kam ungestüm zurück, ein Ziehen im Unterleib zeugte davon. Die Nippel ragten steif durch den Netzcatsuit.

Ihr entfuhr ein Seufzer.

Ermutigt von der Reaktion der Freundin begann Sunny, Emilias Brüste zu verwöhnen, die harten Brustwarzen zwischen den Fingern zu zwirbeln. Die Erregung wuchs. Sie zitterten vor Verlangen, glaubten, es nicht länger zu ertragen. Behutsam wurde Emilia auf den Boden gedrückt, bis sie auf dem Vorleger lag. Hemmungslos rieben die Frauenkörper aneinander, schaukelten aufwärts im Rausch der Begierde.

Fordernde Küsse, erotische Berührungen, lustvolles Stöhnen. Feuriges Begehren erfüllte den Raum. Die Freundin löste sanft die Umklammerung, rutschte abwärts, spreizte die Schenkel der Geliebten auseinander, kniete dazwischen. Emilia schloss genussvoll die Augen. Der Schoss war glutheiß.

Sie sieht den Liebessaft fließen.

Der Gedanke daran ließ die Vulva pulsieren. Sunnys stoßweise Atmung drang ans Ohr, steigerte die Lust ins Unermessliche.

Sie ist genauso geil.

»Bitte mach es mir noch einmal«, flüsterte sie begierig.

»Schon gut, meine Liebe. Ich gebe dir, was du brauchst.«

Augenblicklich bemerkte sie einen vibrierenden Druck an ihrem Liebesspalt, der stetig wuchs, sich den Weg in die intimste Zone bahnte.

Überrascht schrie Emilia auf.

War das ein Vibrator? Wo hatte sie den so schnell her?

»Entspann dich, Süße. Dann schlüpft er besser rein.«

Die sinnlich erregte Stimme brachte den schwelenden Lustpegel zum Kochen. Bereitwillig hob sie das Becken, nahm stöhnend das Lustspielzeug ganz in sich auf.

Es füllte sie so fantastisch aus.

Zusätzlich zu der inneren Stimulation massierte eine vibrierende Spitze die geschwollene Perle. Wellenförmig trug sie die Lust in eine Welt der grenzenlosen Begierde.

Während Sunny mit einer Hand den zuckenden Lustspender der Freundin bediente, begann sie seufzend die eigene Lustgrotte zu massieren. Zügellos trieb sie zwei Finger stoßweise in den Spalt.

Die Luft war angefüllt von geflüsterten Worten, vom Luftholen im Rhythmus der Leidenschaft.

Unvermittelt bemerkte Emilia die veränderte Schwingung des Vibrators. Fingerartig kreisende Bewegungen trafen nun die intimsten Hotspots, verführten auf eine köstliche Art und Weise.

Unaufhaltsam glitt sie dem Höhepunkt entgegen. Alles in ihr wurde laut, steigerte zu einem Crescendo der Gefühle.

Ein gewaltiger Orgasmus fegte über sie hinweg, ließ sie aufbäumen. Flüssigkeit spritzte stoßweise im Einklang mit den Muskelkontraktionen aus der Lustgrotte heraus. Sunnys unterdrückter Schrei zeigte, dass auch die Freundin im Lusthöhepunkt dahintrieb.

✳ ✳ ✳

Beide waren anschließend in den Gefühlsexplosionen gefangen, hielten sich wiegend einige Zeit im Arm.

Ein polterndes Klopfen an der Tür unterbrach die Zweisamkeit.

»Hallo? Wie lange ist denn noch besetzt?«

Überrascht schauten die Frauen grinsend einander an, kicherten verhalten. »Einen Augenblick!«, rief Sunny Richtung Badezimmertür.

Hastig schlüpften die Freundinnen aus den Catsuits, zogen rasch die Kleider über, wuschen den Vibrator im Waschbecken. Emilia zeigte unsicher auf die Netzteile, das Spielzeug.
»Das müssen wir sicher alles behalten, ist ja bereits benutzt.«
»Keine Sorge. Ich werde das gleich mit der Beraterin regeln.«
Die Freundin lächelte sie an. »Den Fingervibrator schenke ich dir, zur Erinnerung.«
Emilias Gesicht errötete.
Jetzt wurde sie schon wieder verlegen.
Wann hörte dass endlich auf?
»Komm, wir sollten uns unauffällig unter die Mädels mischen.«
Nach einem überprüfenden Blick in den Spiegel entriegelten sie die Badezimmertür und gingen zügig in den Vorführraum zurück.

Kapitel 11

Marc ergriff die Fernbedienung, stoppte den Blu-Ray-Player, schaute die Freundin erwartungsvoll an. »Wie war der Abend?«

»Ach, absolut aufregend und amüsant.« Emilia plumpste erschöpft neben ihn auf das Sofa, zog die Pumps aus, legte die Waden über seinen Schoß. Nahezu automatisch begann er, ihre Füße zu massieren. Mit zufriedenem Schnurren ließ sie den Kopf in die dicken Kissen sinken, verschloss die Augen.

»Hast du dir etwas Reizvolles ausgewählt?«

Keine Antwort.

»Hey, nicht einschlafen!« Er fing an, Emilias Fußsohlen zu kitzeln. »Erzähl doch mal! Außerdem wolltest du mir eine Überraschung aussuchen.«

Empört zuckte sie zusammen, zog schmollend die Beine an. »Das ist gemein. Es war eben so herrlich entspannend.«

»Ach komm, Engelchen! Ich bin äußerst gespannt, was meine Süße so Aufregendes erlebt hat.« Er rückte sie liebevoll heran.

Aufseufzend kuschelte sie sich gähnend in seine Arme. »Ein typischer Mädchenabend. Alles Mädels aus der Uni. Die Beraterin war supernett und die Präsentation der Spielzeuge sehr lässig.« Emilia grinste ihn schelmisch an. »Natürlich habe ich auch etwas bestellt: für dich und für uns beide. Aber das ist eine Überraschung. Das Paket müsste spätestens am Freitag eintreffen.« Marc strahlte sie erfreut an. »Das passt allerdings perfekt.« Er deutete auf die gepackte Reisetasche, die neben dem Sofa stand. »Ich fahre morgen früh nach München, Max gibt eine LAN-Party. Er hat mich spontan dazu eingeladen.« Fragend schaute er sie an. »Das ist hoffentlich okay für dich? Zum Wochenende bin ich pünktlich zurück. Dann können wir in Ruhe das Überraschungspaket zusammen auspacken und ausprobieren.«

Zärtlich legte er einen Arm um Emilias Nacken, küsste sie leidenschaftlich. »Ich bin ohnehin extrem heiß darauf, kann es kaum erwarten.« Seine Hand, die auf ihrem Oberschenkel lag, wanderte kriechend höher, erreichte den Saum des Slips, fuhr zielstrebig darunter.

Sie seufzte auf, spreizte die Beine.

Die Finger suchten unaufhaltsam, fanden die benetzten Schamlippen, den angeschwollenen Kitzler.

Marcs Atmung beschleunigte, sanft streifte der Mund die Linie des Halses.

»Der Abend muss dich ja beachtlich angetörnt haben, so feucht, wie du bist.« Ohne Vorwarnung glitt er mühelos massiv in die erregte Spalte, massierte sie rhythmisch.

Emilia schmiegte sich in die muskulären Oberarme. Sie roch den unwiderstehlichen Duft des männlichen Rasierwassers. Vor Erregung keuchend riss sie heftig an den knappen Boxershorts.

Marc drückte sie zurück ins Sofa, zerrte an dem Slip, ließ die Shorts fallen. Während die Zungen den sinnlichen Reigen tanzten, drang der pralle Stab unmittelbar intensiv in sie ein.

Sie kreischte auf, krallte die Finger in Marcs Po, half ihm in den gewünschten Rhythmus. Schamlos hob sie den zuckenden Unterleib dem Begehren entgegen. Zügellos, ungebändigt. »Du geile Wildkatze! Ich werde dich sowieso zähmen.« Die hervorgepressten Worte heizten sie vollständig an, der gesamte Körper pulsierte vor Verlangen. Die Luft war erfüllt von hemmungslosem Stöhnen und Klatschgeräuschen. Der Höhepunkt kam gewaltig, ließ sie aufbäumen. Sie schrie die Befriedigung hinaus, peitschte Marc an. Sie ritten festumschlungen in ihrem Orgasmus gefangen.

※ ※ ※

Nach einer Weile fanden sie Ruhe, lagen wieder friedlich aneinander gekuschelt auf dem Sofa. Er unterbrach flüsternd die angenehme Stille. »Das muss jetzt bis Freitag reichen.« Lächelnd schob er eine widerspenstige rote Locke aus Emilias Gesicht.

Sie grinste amüsiert. »Wird knapp werden. Zur Not gibt es die Duschspiele.« Sein empörter Gesichtsausdruck brachte sie zum Lachen. »Keine Sorge. Ich besuche in der Zeit meine Eltern in Kappeln. Sie erwarten mich seit Längerem. Auf dem Reiterhof helfen, Strandspaziergänge, ausreiten, das ist Entspannung pur, bei dem herrlichen Wetter.«

Er nickte zustimmend. »Ausgezeichnete Idee. Das beruhigt mein schlechtes Gewissen.«

Emilia stand behäbig auf, nahm Marcs Hand. »Komm, lass uns duschen und anschließend ins Bett gehen. Ich bin total müde.«

Marc folgte ihr träge. »Du hast recht. Morgen haben wir einen anstrengenden Tag vor uns.«

Gemeinsam gingen sie Richtung Badezimmer.

Kapitel 12

Freitag
18. Juli

Aufatmend ließ sich Emilia erleichtert in den Hängesessel auf dem Balkon fallen, trank genüsslich einen kräftigen Schluck von dem kühlen Wein.

Viel später als geplant war sie in Hamburg angekommen. Der nervige Stau auf der Autobahn hatte den Zeitplan gehörig durcheinandergebracht.

Sie hatte trotzdem alles noch rechtzeitig geschafft. Duschen, aufhübschen, das Überraschungspaket vom Concierge abholen. Marc hatte geschrieben, dass er gegen 21 Uhr eintraf, in etwa 30 Minuten. Genug Zeitraum, um zu entspannen.

Die Woche auf dem heimatlichen Reiterhof war eine Zeitreise in die Kindheit. Herrlich unbeschwert und frei hatte sie jeden Sonnentag genossen und kräftig angepackt. In der Hauptsaison wurde jedermann gebraucht. Gerne übernahm sie die geführten Strandausritte von den Urlaubsgästen, half im Stall ebenso wie bei den Gästezimmern.

Viel zu rasch vergingen die Tage, bis sie wieder im Auto auf der Rückfahrt saß. Schuldbewusst versprach sie den Eltern, häufiger im Sommer auszuhelfen. Sie liebte die Nähe zur Natur, die frische Seeluft.

Sie hatte sich trotz der Arbeit obendrein Zeit genommen, über das vergangene aufregende Wochenende, die aufgekommenen Gefühle nachzudenken.

Gedankenverloren nippte sie am Weinglas.

Was empfand sie für Sunny?

Der Dildo-Abend war außergewöhnlich erregend gewesen. Noch nie hatte sie eine Frau sexuell anziehend gefunden, geschweige denn Sex mit einer gehabt.

Konnte sie darauf in Zukunft verzichten?

Und wie sollte es dann in Bezug auf Marc weitergehen?

Musste sie ihm den Vorfall beichten?

Die Fragen häuften sich in Emilias verwirrtem Kopf. Sie kam letztendlich zu dem Entschluss, zuerst das bevorstehende Wochenende abzuwarten. Schließlich wollten sie gemeinsam die neuartigen Sexspielzeuge ausprobieren.

Bei dem Gedanken daran bekam sie spontan eine Gänsehaut, die feinen Härchen auf den Armen stellten sich auf. Erregung durchströmte den Körper, die Schamlippen pochten. Wie magisch angezogen wanderte die freie Hand ungehindert direkt an die rasierte Scham. Sie trug den pinken Netzcatsuit. Als I-Tüpfelchen die Lieblingspumps in schwarzem Lack.

Hauchzart umkreise sie die freiliegende Lustperle mit dem Finger, befühlte die einsetzende Feuchtigkeit.

Sie war unheimlich geil.

Durch den einwöchigen Sexentzug reagierte sie extrem sensibel. Sie hatte sogar auf das lieb gewonnene Duschritual verzichtet, um die Intensität zu steigern. Ungeduldig schaute sie auf das Handy, das auf dem Tisch lag. Er müsste jeden Augenblick ankommen.

Entschlossen stand sie auf, um einen letzten prüfenden

Blick in den Badezimmerspiegel zu werfen. Sie wollte perfekt für Marc aussehen.

* * *

Sie saßen auf der bequemen Couch im Studio, auf dem Tisch zwei gefüllte Weingläser und das verschlossene Paket.

Marc konnte allerdings die Augen nicht von seiner Freundin abwenden. Sie sah unglaublich heiß aus in dem aufreizenden Netzteil, das mehr enthüllte als verdeckte. Fasziniert betrachtete er den wohlgeformten Körper, die Rundungen der seidigen Brüste, die braun gebrannten Oberschenkel. Die rosigen Brustwarzen ragten steil hervor, der Schritt entblößt. Er sehnte sich danach, die nackte samtweiche Haut zu berühren. Sie duftete unwiderstehlich nach Vanille und Erdbeeren.

Geräuschvoll sog er die zuckersüße Mischung ein. Ständig wanderte der Blick zwischen ihre Beine; wenn Emilia sie spreizte, schaute er direkt auf den feuchten Spalt.

Am liebsten würde er sie sofort vernaschen.

Die geschwollene Männlichkeit war trotz Boxershorts unübersehbar. »Jetzt bin ich gespannt, welches Sexspielzeug du ausgesucht hast.« Marc legte das Paket auf den Schoß, öffnete es. Zwei schwarze Schachteln plus eine Tube Gleitgel kamen zum Vorschein. Fragend lächelte er sie an. »Was zuerst?«

»Das Eckige ist dein Geschenk, mein Schatz.«

In Zeitlupe hob er den Deckel. Überrascht begutachtete er den dunklen Silikon-Penisring. »Er hat sogar einen USB-Anschluss und ist bereits voll aufgeladen, damit er sofort einsatzbereit ist.« Sie grinste frech. »Wasserfest ist er im Übrigen auch.«

Marc lächelte. »Wie ich dich kenne, weißt du schon alle Funktionen auswendig.«

Lachend entriss Sie ihm das Spielzeug. »Na klar, hier regelst du leicht die Vibrationsstärke.«

Sie betätigte den passenden Knopf und der Männer-Ring fing dezent an, zu vibrieren. Flink holte sie das Gleitgel aus dem Karton. »Damit wird er wie geschmiert auf dein bestes Stück gleiten.« Emilias Finger glitten forschend an die vorgewölbten Boxershorts, massierte sanft die Schwellung.

Er stöhnte verhalten, griff begierig zwischen ihre glänzenden Oberschenkel.

Emilia rutschte aufseufzend heran, um ihm den Zugang zum feuchten Lustzentrum zu erleichtern. Gierig hob sie das Bündchen der Shorts an, ließ das pralle Glied herausfedern.

Beide keuchten vor ungestilltem Verlangen. Rasch ergriff sie den Ring, rieb ihn mit dem bereitstehenden Gel ein. Schwer atmend stülpte sie das Spielzeug geschickt über die geschwollene Männlichkeit, drückte den Vibrationsknopf.

Er saß regungslos auf der Couch, beobachtete sie stöhnend. »Das ist fantastisch.«

Die gehauchten Worte erzeugten Lustschauer, sein Stöhnen heizten sie an. Fasziniert betrachtete sie den Ringvibrator, der die Erektion zu verstärken schien. Der rosig glänzende Kopf war von Liebestropfen benetzt.

Sie hielt es nicht mehr aus, der Schoss kochte vor Begierde.

Blitzschnell platzierte sie die Vulva direkt oberhalb des Luststabes, berührte hauchzart die feuchte Spitze.

Marc starrte sie überrascht an; Erregung und ungehemmtes Verlangen blitzte ihn an. Beide Hände umfassten Emilias Becken, die Männlichkeit an ihre Nässe gepresst.

»Ich will dich, ganz tief«, flüsterte sie.

Mit dem ersten Stoß kam die Feuerwelle, begrub sie in einem Meer aus pulsierender Lust. Emilia stöhnte auf, als der vibrierende Ring auf den geschwollenen Kitzler traf. Ausgedehnt spreizte sie die Oberschenkel, um den Ringvibrator noch stärker an die Liebeszone zu drücken.

Unvermittelt stoppte Marc den beginnenden Rhythmus. »Nicht bewegen!« Schwer atmend versuchte er, den herankommenden Orgasmus zu verdrängen, vergeblich.

Sie ritt wie im Rausch unaufhaltsam dem Höhepunkt entgegen, riss ihn mit sich. Ihre Lustschreie vermischten mit Marcs kräftigem Stöhnen.

Erschöpft sackten sie zusammen, kuschelten in eine zärtliche Umarmung.

✳ ✳ ✳

»Du geiles unersättliches Luder«, flüsterte er später in die Stille.

Emilias Magen knurrte eindringlich.

Marc lachte amüsiert auf. »Ein geiles hungriges Luder. Sollen wir uns eine XXL-Pizza bestellen?«

»Gleich«, schnurrte sie glücklich in seine Brust. »Ich spring noch schnell unter die Dusche.«

Widerwillig löste sie die Liebkosung, stand auf zittrigen Beinen. Ein bisschen wackelig wankte sie davon, warf ihm beim Umdrehen einen verlockenden Handkuss entgegen. »Für mich bitte mit Schafskäse und Peperoni, ich brauche es Hot.«

Lachend schloss sie die Badezimmertür hinter sich. Sie bemerkte nicht mehr, dass ihr Handy auf dem Balkontisch vibrierend eine eingehende SMS ankündigte.

* * *

Marc schenkte ein Glas vom kühlen Rotwein ein, ging auf den Balkon, um die angenehme Abendbrise auszukosten. Ein leichter Wind war aufgekommen, kündigte das vorhergesagte Sommergewitter an. Prüfend schaute er in den Himmel, wo sich bereits dunkle Wolken bedrohlich am Horizont zusammenzogen. Gewittertierchen bevölkerten die Balkonmöbel. Er mochte die winzigen Krabbeltierchen nicht besonders. Energisch klopfte er die Lounge ab, bevor er Platz nahm. Genüsslich trank er von dem süffigen Wein, als Emilias Handy klingelte.

Ein wenig verärgert runzelte er die Stirn. Normalerweise stellten sie am Wochenende die Telefone auf lautlos, um die Zweisamkeit ungestört zu genießen. Eine Regel, an die sie gewöhnlich festhielten.

Ein Blick auf das Display verriet ihm: Es war Sunny.

Frauen!

Marc schnaufte missbilligend.

Die hatten ständig irgendetwas zu bereden.

Das Handy vibrierte, teilte den verpassten Anruf mit. Genervt nippte er am Weinglas.

Was konnte so bedeutungsvoll sein, dass man es ausgerechnet am Freitagabend besprechen musste?

Ach, egal. Er würde sich den erotischen Abend nicht verderben lassen. Er hatte extrem prickelnd angefangen.

Kurz schaute er ins Studio. Ein zweites Überraschungspaket wartete außerdem darauf, enthüllt zu werden.

Welches Spielzeug es wohl enthielt? Wenn es annähernd so geil wie das Erste war, stand ihnen eine ausgesprochen anregende, leidenschaftliche Nacht bevor.

Zuerst sollte er jedoch schleunigst die Pizza bestellen.

Eine ausgehungerte Emilia?

Ungenießbar.

Er sprach aus Erfahrung.

Marc lächelte. Sie konnte so lieb und anschmiegsam sein, doch bei Hunger zeigte sie die Krallen.

Eben eine echte Wildkatze.

Zum Glück wusste er, wie man sie besänftigte.

Mit Futter und Streicheleinheiten.

Der Wind frischte auf. In der Ferne erhellten zuckende Blitze den verdunkelten Himmel, ein volltönender Donner grollte heran. Die ersten zögerlichen Regentropfen fielen herab. Rasch erhob er sich aus der Lounge, ging ins Studio, verschloss die Balkontür. Gleich wurde es draußen ungemütlich. Während er die Pizza bestellte, vibrierte auf dem Loungetisch unbemerkt erneut Emilias Handy.

Kapitel 13

Marc und Emilia rekelten sich gemütlich im Schlafzimmer auf dem Kingsize-Bett. Die Pizza war köstlich gewesen. Von draußen erklangen Donnerschläge, Regen prasselte an die Fensterscheiben. Vor ihnen lag ausgepackt der wiederaufladbare, wasserfeste Paarvibrator.

»Das ist das optimierte Nachfolgermodell. Man kann es sowohl für die Solonummer als auch beim gemeinsamen Liebesspiel benutzen. Den dünneren Vibrator-Flügel führt die Frau ein, der dickere Stimulationspunkt liegt außen auf der Klitoris. Zusätzlich hast du die Möglichkeit, dein bestes Stück zusammen mit dem schlanken Teil in mich einzuführen.«

Emilia grinste. Sie fand, dass sie sich ein bisschen wie die Beraterin auf der Dildo-Party anhörte. »Durch die enorme Flexibilität soll er sogar bei außergewöhnlichen Stellungen stets da bleiben, wo er hingehört.«

Marc lachte amüsiert, streichelte zwischendurch liebevoll Emilias nackten Oberschenkel. »Da hat aber jemand gut aufgepasst«, neckte er sie herausfordernd.

»Na, einer von uns muss ja Bescheid wissen.« Sie spielte die Beleidigte, drehte ihm abrupt den Rücken zu, genau wissend, dass der blanke Po jetzt direkt vor Marcs Schoss platziert war.

Sofort reagierte er auf die Einladung, drückte die bereits angeschwollene Männlichkeit gezielt an das verlockende Hinterteil. Mit kreisenden Bewegungen fing er an, sie zu reizen. Zusätzlich wanderte eine Hand auf die seidige Brust, umfing sie anfangs sanft, um endlich fordernder die aufgerichtete Brustwarze zu zwirbeln.

Sie stöhnte beglückt auf. Lustschauer verbreiteten sich zunehmend über den gesamten Körper, das Liebeszentrum pochte zwischen den Beinen, brachte den Saft zum Fließen.

»Du bist heute unersättlich. Meine Wildkatze.«

Ihre unübersehbare Geilheit entfachte ein loderndes Feuer, das schlagartig auf Marc übersprang. Rasch griff er das bereitliegende Spielzeug, übergab es an die Freundin. »Bitte führ ihn ein, damit ich dazu stoßen kann.«

Die gehauchten Worte dicht am Ohr ließen sie lustvoll erschauern. Während er Emilias Halsbeuge mit feuchten Küssen benetzte, schob sie stoßweise atmend den Vibrator in die nasse Spalte. Gierig rutschte er das pralle Glied an die einladend schimmernden Schamlippen.

Gemächlich, bedächtig, drang er in Zeitlupe keuchend in sie ein.

Sie hielt vor Erregung die Luft an, betätigte die Fernbedienung. Das Lustzentrum schien zu explodieren; die Vibrationen reizten auf fantastische Weise die Vulva und die Perle gleichermaßen.

Marcs Stöhnen zeigte, dass der pulsierende Stab enorm stimuliert wurde. Er stieß kraftvoller, intensiver, umklammerte sie heftig im Rhythmus der Ektase. Es konnte nicht mehr lange dauern.

Auch in Emilia tobte der Sturm auf den Siedepunkt zu. Während draußen die Blitze aufzuckten, trieben sie erneut gemeinsam endgültig ihrem Höhepunkt entgegen. Ein gewaltiger Donnerschlag verschluckte die Lustschreie. Innig umschlungen genossen sie den abklingenden Orgasmus. Müdigkeit überkam sie.

* * *

Aus der Entfernung drang ein Geräusch an Emilias Ohren. Die Türklingel? Träge lauschte sie in die Donnerpause. Totenstille. Sie musste sich getäuscht haben. Wer sollte sie zu dieser Zeit besuchen? Noch dazu am heiligen Wochenende ohne Ankündigung?

Zufrieden schnurrend kuschelte sie mit Marc, der offenbar längst eingeschlafen war. Sie lächelte sanft. Normalerweise störte es sie, wenn er nach dem Sex sofort einschlief, aber heute machte sie eine Ausnahme. Die anstrengende Autofahrt von München, die Wärme, der Wein, die fantastischen Sexspiele, da durfte man(n) schlafen.

Erneut das summende Geräusch.

Vorsichtig, um den Freund nicht aufzuwecken, kletterte sie sorgfältig vom Bett. Zügig warf sie den dunklen Kimono über, schlüpfte lautlos aus dem Schlafzimmer. Die Tür geräuschlos hinter sich schließend huschte sie zur Wohnungstür, schaute prüfend durch den Spion.

Zu ihrer Überraschung sah sie eine verheulte klitschnasse Sunny dort stehen. Rasch ließ sie die Freundin herein, lotste sie stillschweigend in Richtung Studio.

»Marc schläft, ich möchte ihn ungern wecken.« Sie deutete der Schluchzenden den Weg ins Wohnzimmer. »Bin gleich wieder da, hol nur schnell ein Handtuch für dich.«

Sie nickte zustimmend, Tränen kullerten das Gesicht entlang. Kurze Zeit später saßen die Freundinnen dicht aneinandergedrängt auf dem Sofa.

»Nun erzähl mal in Ruhe.« Emilia blickte sie aufmunternd an.

»Hast du meine SMS nicht gelesen?« Aus wässrigen Augen schaute Sunny sie bekümmert an, schniefte unüberhörbar. »Florian«, presste sie hervor. »Es ist Schluss!« Erneutes Schluchzen schüttelte den Körper.

»Was? Aber wieso, ihr ward doch so ein erstklassiges Paar?« Betroffen musterte sie die Freundin ratlos.

»Er hat es herausgefunden, das auf der Dildo-Party. Lucy diese Tratschtante. Sie hat uns im Bad belauscht und musste es gleich rumerzählen.« Unglücklich starrte sie in Emilias schockiertes Gesicht. »Darum der Anruf und die geschriebene SMS. Ich wollte dich warnen. Dein Freund wird es mit Sicherheit erfahren, das ist jetzt nur noch eine Frage der Zeit.« Sunny schnäuzte ausgiebig ins Taschentuch.

»Was werde ich auch erfahren?« Marc lehnte lässig in der Studiotür, schaute die Frauen voller Neugier an.

Entsetzt wirbelten die Köpfe herum.

Stand er schon lange dort an der Tür? Hatte er das gesamte Gespräch mitbekommen?

Wie erstarrt hockte sie auf dem Sofa. Im Hals saß ein gewaltiger Kloß, der die Kehle zuschnürte. Sie schwitzte vor Nervosität.

Er kam auf sie zu, setzte sich neben sie, hob sanft das Kinn an. »Was ist denn los, mein Schatz? Hast du mir etwas zu beichten?« Er fixierte sie prüfend.

Sie war unfähig, in seine Augen zu schauen, wich dem durchdringenden Blick beklommen aus. Ihr Herz pochte, der Körper fing an zu zittern. Die Gedanken schwirrten, das Gesicht errötete vor Aufregung.

Sie musste es ihm sagen. Er erfuhr es sowieso, wenn der Vorfall die Runde machte. Besser, sie legte gleich ein komplettes Geständnis ab.

Die katzengrünen Augen suchten in der Tiefe des Ozeans nach Vergebung. »Ich habe mit Sunny geschlafen.«

Die geflüsterten Worte schienen in der Stille zu einem Crescendo anzuschwellen. Ihr Puls raste so heftig, dass sie das Gefühl hatte, ohnmächtig zu werden.

Keiner sagte etwas. Auch Marc blieb stumm. Er sah sie eine gefühlte Ewigkeit bekümmert an.

Der Kloß in Emilias Hals wuchs an, die Atmung beschleunigte.

»Warum?«, war das Einzige, was er herausbrachte. Die Frage hing wie eine Anklage im Raum.

Das war alles? Mehr hatte er nicht zu sagen?

Sie hatte erwartet, dass er zornig wird, sie anschreit.

Nichts davon.

Nur dieses eine Wort.

Sie starrte in sein Gesicht und bemerkte, dass sie wütend wurde. Wütend auf Marc.

Hatte er vor, um sie zu kämpfen? Oder würde er sie problemlos fallen lassen, so wie Flo es mit Sunny getan hatte?

Sie wollte kein Urteil hören, sondern selber entscheiden. Es war ihr Leben und Liebesleben!

»Ich finde, es ist besser für alle, wenn ich heute bei meiner Freundin übernachte. Wir brauchen Abstand, um uns über die Gefühle zueinander klar zu werden.« Die Stimme klang abweisender als beabsichtigt. Entschlossen stand sie auf.

»Emilia. Bleib bitte hier!« Marcs eindringliche Worte verklangen unbeachtet im Raum.

Ohne ihn nochmals anzublicken, stürmte sie ins Schlafzimmer, packte blindlings die nötigsten Sachen zusammen. Flink schlüpfte sie in Unterwäsche, Jeans und T-Shirt, verließ mit der verblüfften Freundin fluchtartig die Wohnung.

Schwer atmend lehnte sie von außen an der Wohnungstür.

Was hatte sie angerichtet? Sie war einfach weggelaufen, wie ein unreifes Kind, anstatt sich dem Problem zu stellen. Jetzt konnte sie nicht mehr zurück.

Tränen der Verzweiflung liefen über Emilias Gesicht. Sunny umarmte sie tröstend, streichelte die wirren Feuerlocken.»Komm, wir gehen zu mir. Gib Marc genug Zeit. Ihr seid so ein großartiges Paar. Das kommt bestimmt wieder in Ordnung, versprochen.«

Hoffnungsvoll schaute sie in Sunnys leuchtende Bernsteinaugen.»Du bist die beste Freundin, die ich mir wünschen kann.«

»Dito.«

Engumschlungen verließen sie zusammen das Gebäude.

Kapitel 14

Samstag
26. Juli

Emilia stand verschwitzt im geräumigen Badezimmer, zwängte sich stöhnend aus der hautengen Reiterhose, dem durchnässten Top. Sand rieselte überall heraus auf die Fliesen, klebte auf ihrer feuchten Haut wie Schmirgelpapier. Sie lechzte nach der bevorstehenden, erfrischenden Dusche.

Der Tag war anstrengend gewesen, ein typischer Samstag auf dem elterlichen Reiterhof. Bettenwechseltag, was bedeutete: Abreise der Urlaubsgäste, Ankunft der Neuen und zwischendurch die Zimmer herrichten. Nachmittags begannen zusätzlich die ersten gebuchten Reitstunden. Stress pur.

Trotz der Strapazen liebte sie die Arbeit mit den unerfahrenen und fortgeschrittenen Reitschülern gleichermaßen; mithilfe der Freundin, brachte es obendrein doppelt Spaß.

Die Tage flogen dahin, seitdem sie überstürzt zu den Eltern nach Kappeln geflüchtet war, Sunny im Schlepptau.

Wie ein trotziges Kind!

Weit weg von den Beziehungsproblemen, weg von Marc. Sie hatten eine Woche Auszeit abgemacht, um sich über die Gefühle zueinander klar zu werden. Da auf dem Reiterhof in der Hochsaison allerdings jede helfende Hand gebraucht wurde, entschied sie spontan, den Urlaub zu verlängern. Außerdem hatte sie Semesterferien. Auf diese Weise verschob sie die unvermeidbare Aussprache mit dem Freund, ohne ein schlechtes Gewissen zu haben.

Energisch versuchte Emilia, die schwermütigen Gedanken beiseitezuschieben. Entschlossen öffnete sie die Tür der Duschkabine, drehte den Duschhahn schwungvoll auf. Augenblicklich genoss Sie das lauwarme Wasser, das herrlich erfrischend über die Kopfhaut floss. Das prickelnde Nass und die Nacktheit vermittelten ein Gefühl von Freiheit, ließen den Beziehungsstress an ihr abperlen.

Erleichtert schloss sie die Augen, stellte den Körper so, dass der Duschstrahl den Busen sanft massierte. Die gereizten Brustwarzen erhärteten, sendeten heiße Blitze in das Lustzentrum.

Emilia entfuhr ein Seufzer. Automatisch suchten die eingeseiften Hände den Weg zwischen die Schenkel zum erregten Kitzler, der sich durch die zarte Berührung merklich vergrößerte. Die Finger kreisten behutsam um die Klitoris, liebkosten die leicht geöffneten Schamlippen. Immer wieder drang sie stöhnend in den von Liebessaft befeuchteten Spalt, während die andere Hand zur Brust wanderte, sie zärtlich streichelte, den Nippel zupfte. Die Atmung beschleunigte zunehmend, das Herz pochte aufgeregt, ließ den Busen auf und ab wippen.

»Soll ich dir den Rücken einseifen?«

Die aufreizende Stimme holte sie abrupt in die Gegenwart zurück. Überrascht öffnete sie die Augen. Splitternackt stand Sunny vor der Duschglastür und grinste verschmitzt.

»Musst du dich denn so heranschleichen? Du hast mich fürchterlich erschreckt.« Lächelnd schob Emilia die Glastür auf, zog die Angebetete rasch zu sich in die Dusche.

Die Freundin umarmte sie zärtlich; eine Hand wanderte sofort am Bauch entlang zu Emilias Brüsten, die Andere in Richtung Scham. Sie verspürte den warmen Atem im Nacken, der unmittelbar eine Gänsehaut bescherte. Lustwellen durchströmten den Körper, brachten die Perle zum Pulsieren.

Aufseufzend griff sie das Duschgel, hielt es Sunny mit blitzenden Augen hin. »Erst die Arbeit, dann das Vergnügen, so geht doch der Spruch? Also bitte, den Rücken einseifen, wie versprochen.« Aufreizend kehrte sie ihr die Rückseite zu, kreiste provozierend die verlockenden Hüften.

»Du Biest«, schnurrte Sunny, wobei sie das Gel auf Emilias Hinterteil tropfen ließ. Ein angenehmer Duft von frischen Erdbeeren erfüllte die Luft in der Duschkabine. Flink verteilte die Freundin das Duftgel auf der seidigen Haut, samtiger Schaum bedeckte nun den knackigen Apfelpo. Behutsam strichen Sunnys Hände über die Rundungen des Gesäßes, nach oben die schlanke Taille hinauf, bis zu den Achselhöhlen. Forschend bahnten sie sich den Weg auf die Vorderseite.

Emilia stockte der Atem. Automatisch hob sie die Arme, um ungehinderten Zugang zu den Brüsten zu gewähren.

»Hast du es dir so vorgestellt?«, hauchte die Freundin ins Ohr, als sie dicht an sie heranrückte. Die spitzen Brustwarzen schienen sich begehrlich in Emilias Rücken zu bohren.

Wohlige Schauer trafen zielgenau das Lustzentrum, lösten in ihr das unbändige Verlangen aus, die Perle erneut zu stimulieren. Stöhnend unterdrückte sie den Wunsch, versuchte krampfhaft, die Beherrschung zu behalten.

Sunny vernahm die aufkommende Hitze, streichelte jetzt abwärts, ging unterdessen in die Knie. Heiße Küsse bedeckten den Po, die eine Brandspur legten.

Emilia fühlte die hauchzarte Berührung an den Innenseiten der Oberschenkel, die unaufhaltsam die Schamlippen erreichten. Sie hielt vor Erregung die Luft an, spreizte die Beine ein klein wenig.

»Bist du schon geil genug?« Prüfend drückte eine Handfläche auf den Venushügel, glitt mit dem Daumen in die samtweiche Liebesgrotte. Ein wollüstiges Aufstöhnen war die Antwort. Erregt begann sie, sich der Hand rhythmisch entgegen zu pressen. Überraschend vernahm sie zusätzlich eine kreisende Berührung an der Rosette. Durch die zärtlichen Stimulationen schossen ihr wahre Gefühlssensationen in den Unterleib.

Sie hatte Mühe, die pulsierenden Beckenbewegungen an die gefühlvoll ausgeführten Liebkosungen anzupassen. Sie stieß einen leidenschaftlichen Schrei aus, als der Mittelfinger massiv in die Tiefe des Anus bohrte. Der Liebessaft tropfte an den Oberschenkeln herab; die Beine begannen zu zittern, drohten zu versagen. Immer heftigere Stöße penetrierten die beiden Lustzonen. »Ja ... härter. Das ist fantastisch«, keuchte Emilia. Sie stöhnte urplötzlich auf, ein gewaltiger Orgasmus fegte über sie hinweg.

Flink stand Sunny auf, drehte sie herum, verschluckte die Lustschreie in einem verlangenden Zungenkuss. Sofort verschwanden die Finger erneut in der noch immer zuckenden Vagina. Rhythmisch pulsierend umschloss der Schließmuskel den Zeigefinger.

Ein zweiter Höhepunkt überrollte sie aus der Tiefe. Leidenschaftlich küsste sie die Gespielin, hielt sie glücklich umklammert.

Die Freundin atmete stoßweise in ihren Mund. Emilia begann nun ihrerseits, Sunnys Schoss kräftig zu massieren, immer härter, schneller. Der erlösende Orgasmus kam augenblicklich, machtvoll. Stöhnend tanzten die Zungen den Liebesreigen, bis die Erregung nachließ.

Zärtlich schauten die Freundinnen einander ins Gesicht. »So, so, den Rücken einreiben nennst du das?« Schelmisch blitzten Emilias Pupillen.

Die Bernsteinaugen erwiderten lachend die Anspielung. »Stets zu Diensten, Madame. Gerne wieder! Ich stehe auf Quickies in der Dusche, vor allem mit dir, du geiles Stück!« Die Freundin umarmte sie erneut drängend, doch Emilia schob sie energisch auf Abstand.

»Jetzt aber Beeilung! Du weißt, meine Eltern erwarten uns pünktlich zum Abendbrot.« Sie seufzte, verdrehte dabei leicht die Augen.

Sunny gab ihr einen aufmunternden Stups. »Na denn, mal los!«

Zügig ergriff sie das Shampoo und das taillenlange Blondhaar verschwand unter einer duftenden Schaumwolke.

Kapitel 15

Emilia und Sunny saßen träge in der althergebrachten Hollywoodschaukel im verwilderten Obstgarten, der versteckt im abgelegenen Teil des Reiterhofes lag. Dieser Ort war bereits in der Kindheit einer ihrer Lieblingsplätze gewesen. Hierhin flüchtete sie, um abseits des Trubels ungestört zu lesen, zu zeichnen oder zu träumen. Fackeln umsäumten den grasbewachsenen Ruheplatz, spendeten nach Bedarf ein gemütliches Licht. Neben der Schaukel standen ebenso eine Sonnenliege, zwei Gartenstühle und ein wackeliger Gartentisch für geruhsame Entspannung zur Verfügung. Emilia liebte die Abgeschiedenheit, zu der die Gäste des Reiterhofes keinen Zutritt bekamen. Vom angrenzenden altmodischen Blumengarten ihrer Mutter strömte abends ein intensiver betörender Rosenduft herüber.

Verträumt sog sie den Duft genüsslich ein, gab mithilfe der Füße automatisch erneuten Schwung, kuschelte zufrieden in den dicken Kissen. An diesem romantischen Platz konnte man herrlich die Probleme des Alltags vergessen und Kraft tanken. Sie war froh, dass sie den Besuch um eine Woche verlängert hatte. Die unvermeidbare Aussprache mit Marc musste warten. Sie wurde dringend auf dem Hof gebraucht.

Die aufgekommene Entspannung verflog allerdings sehr rasch. Unruhig rutschte sie auf dem Polster der knatschenden Hollywoodschaukel herum. Das miserable Gewissen nagte abermals an ihr. Die Eltern freuten sich natürlicherweise über die unvorhergesehene Unterstützung, trotzdem schafften sie es auch ohne Emilias Hilfe.

Seitdem sie in Hamburg studierte, hatten sie eine zuverlässige Hilfskraft für den Hof eingestellt.

Angst vor der Aussprache mit Marc, das war der Grund für die Verlängerungswoche.

Bei dem Gedanken daran begann sie, nervös den Saum des Kleides in den Händen zu kneten.

Die Freundin bemerkte natürlich den Stimmungsumschwung. Sanft löste sie die verkrampften Fäuste, schob einen Arm um ihre Taille.

Seufzend lehnte Emilia den Kopf an die einladende Schulter.

»Wie soll ich es ihm denn bloß erklären? Ich verstehe meine Gefühle ja selbst nicht«, stieß sie flüsternd hervor. Sie zitterte vor Aufregung.

»Das ist auch alles sehr verwirrend, mir geht es genauso« nickte Sunny zustimmend. Liebevoll küsste sie den roten Lockenkopf, streichelte ihn zärtlich besorgt. »Ich liebe Flo immer noch, obwohl er mich verlassen hat.«

Sunnys zittrige Stimme ließ sie aufhorchen. Durch den eigenen Kummer hatte sie völlig vergessen, dass die Freundin ähnliche Beziehungsprobleme hatte.

Wie egoistisch.

Florian war fürchterlich wütend gewesen, als er von dem Sexspiel der beiden Frauen erfuhr. Er hatte sofort Schluss mit

Sunny gemacht, ohne sie anzuhören. Tröstend umarmte sie die Freundin, der die Tränen die Wangen herunterliefen.

Eine Weile schaukelten sie eng umschlungen, jede in Gedanken versunken, bis Emilia energisch die Schaukel mithilfe der Füße stoppte.

Entschlossen blitzten die Katzenaugen. »Kein Selbstmitleid, keine Angst mehr. Ich muss meinem Freund die sexuellen Wünsche gestehen, wenn wir uns in einer Woche zur Aussprache in Hamburg treffen.«

Sie ergriff nachdenklich das Weinglas, nahm einen großzügigen Schluck, fixierte die Bernsteinaugen, die sie aufmerksam anschauten. »Ich liebe Marc und möchte auch in Zukunft an seiner Seite bleiben. Trotzdem kann ich nicht auf deine Freundschaft und den herrlichen Sex verzichten. Du bist mir sehr wichtig.«

Liebevoll betrachtete sie Sunnys gebräuntes Gesicht, das einen wunderbaren Kontrast zu den hellblonden Haaren ergab. »Wenn er das ablehnt, muss ich mich von ihm trennen.« Trotzig lehrte sie das Glas in einem Zug, stellte es zurück auf den Tisch.

Sunny musterte die Freundin erst ungläubig, dann bewundernd. »Du hast irgendwie recht. Wir sollten zu unseren Gefühlen stehen.« Sie grinste schelmisch. »So entschlossen habe ich dich selten erlebt, es steht dir ausgezeichnet.«

Die zärtliche Stimme ließ Emilias Haut prickeln wie Champagner. Federleicht fanden die Lippen zueinander, verbanden sich zu einem leidenschaftlichen Kuss.

»Ich will mehr«, flüsterte Emilia zwischen den sinnlichen Berührungen. Flink tanzten die Zungen, während sie alles rundherum vergaßen.

Kapitel 16

Sonntag
27. Juli

Marc fuhr bereits zwei Stunden auf der Autobahn Richtung Kappeln, lauschte nebenbei der Lieblings-CD, sang den einen oder anderen Song lauthals mit. Seine Stimme klang nicht besonders schön, aber hier hörte ihn ja keiner.

Am Sonntagnachmittag hielt sich der Reiseverkehr erfreulicherweise in Grenzen. Die Mehrzahl der Kurzurlauber reiste in der Gegenrichtung, weg von der Küste, zurück in den Süden. Ein enormer Stau hatte sich dort gebildet, zum Glück ohne Unfall.

Er schaute ungeduldig auf die Uhr im Cockpit. In ein paar Minuten verließ er die Bahn, er hatte das Ziel nahezu erreicht.

Die Hände am Lenkrad schwitzten; krampfhaft umklammerte er es, bis die Knöchel an den Fingern kalkweiß hervortraten. Die Nervosität stieg unaufhörlich an. Mit einem Mal zweifelte er an dem kurzentschlossenen Plan, Emilia unangekündigt auf dem Reiterhof zu besuchen.

Wie würde sie reagieren?

War sie schon bereit für ein klärendes Gespräch?

Ein mulmiges Gefühl durchströmte die Magengegend, das Herz pochte bis zum Hals. Die Ungewissheit schnürte Marc regelrecht die Kehle zu. Er hatte es nicht mehr zu Hause ausgehalten.

Hatte sie eine Entscheidung getroffen? Gegen ihn?

Bevorzugte sie eine Beziehung mit der Freundin?

War sie möglicherweise lesbisch?

Grübelnd schüttelte er den Kopf. Das schien ihm unmöglich. Der gemeinsame Sex gestaltete sich abwechslungsreich und Emilia genoss das Liebesspiel unverkennbar.

Oder vermisste sie trotzdem etwas?

Ein ungutes Gefühl beschlich Marc.

Warum zögerte sie weiterhin die Aussprache hinaus?

Sie hatte vorgehabt, eine Woche mit Sunny auf dem Reiterhof zu bleiben, um Zeit zum Nachdenken zu gewinnen. Gestern kam dann die überraschende kurze SMS, dass sie den Urlaub um ein paar Tage verlängerte. Zudem hatte sie das Handy einfach ausgeschaltet.

Er konnte sie nicht erreichen.

Erst war er ziemlich wütend darüber.

Wieso tat sie das?

Als er sich beruhigte, überfielen ihn Hilflosigkeit und eine rasende Angst um die Beziehung. Er liebte sie abgöttisch, wollte sie auf keinen Fall verlieren, oder kampflos aufgeben.

Die unvermittelt einsetzende Stimme des Navis schreckte Marc abrupt aus den trübseligen Überlegungen. An der nächsten Ausfahrt musste er abfahren. Entschlossen setzte er den

Blinker, wechselte die Spur. In ein paar Minuten erreichte er das Ziel, den Reiterhof und Emilia.

Dann hatte er endlich Gewissheit.

✳ ✳ ✳

»Na das ist ja eine Überraschung! Emilia hat mir nicht verraten, dass du uns besuchst.« Karin Hayes eilte auf Marc zu, der soeben schwungvoll aus dem Auto stieg, umarmte ihn stürmisch. Gleich beim ersten Kennenlernen hatte sie den sympathischen Freund der Tochter ins Herz geschlossen. Sie fand, dass die einnehmende aufgeschlossene Art des jungen Mannes hervorragend zu Emy passte.

Er lächelte Emilias Mutter freundlich an. Ihm gefiel die quirlige Frau, die mit der verschlissenen, eng anliegenden Reiterhose, dem lässigen Top und dem blonden Pferdeschwanz nicht wie eine 45-Jährige aussah. »Emilia hat keine Ahnung von meinem Besuch. Es soll eine Überraschung werden.« Fragend schaute er sie an. »Es ist euch doch hoffentlich recht, wenn ich ein paar Tage bleibe?«»Du kannst mich auch gerne einspannen«, fügte er grinsend hinzu.

»Du bist immer herzlich willkommen!«, strahlte sie. »Heute Abend veranstalten wir für die Gäste ein Barbecue am Lagerfeuer, wie jeden Sonntag. Mein Mann wird sich über deine Hilfe beim Grillen sehr freuen«, drohte sie lachend und zwinkerte Marc verschwörerisch zu.

Hastig warf sie einen Blick auf die Armbanduhr. »So, ich habe bedauerlicherweise keine Zeit mehr zum Plaudern, die Reitschüler werden sonst ungeduldig. Du kennst dich ja aus hier. Conor bereitet die Feuerstelle vor und Emy ist wohl noch bei den Ställen. Wir sehen uns später.« Winkend verschwand Karin stürmisch Richtung Koppel.

Er schaute ihr schmunzelnd hinterher. Diese Frau strotzte vor Energie. Emilia war das genaue Ebenbild, nur mit kupferroten Locken. Nachdenklich ergriff er unschlüssig die Reisetasche.

Was sollte er jetzt als Erstes tun?

Bis zum Barbecue warten und die Freundin dort überraschen?

Oder sie suchen und auf die sofortige Aussprache bestehen?

Gab es überhaupt den passenden Augenblick?

Entschlossen stellte er die Tasche zurück auf den Autositz, atmete tief durch und ging zügig auf die Stallgebäude zu.

Kapitel 17

D ie 8-jährige Sophie drückte sich innig an Emlias Taille, schaute mit kullerrunden Kinderaugen zu der angebeteten Reitlehrerin auf. »Kann ich morgen wieder die Susi reiten, bitte Emy! Es ist mein absolutes Lieblingspony.«

Emilia lächelte sanft, strich dem Mädchen die verschwitzten blonden Locken aus der Stirn. Diesem zauberhaften Blick konnte sie nie widerstehen. Regelmäßig wurde sie von der Lieblingsreitschülerin um den Finger gewickelt. Die Mutter sagte zwar, sie sollte die Reitschüler alle gleich behandeln, doch der kleine Sonnenschein war ihr besonders ans Herz gewachsen.

Fast wie eine jüngere Schwester.

Trotz alledem bemühte sie sich um einen autoritären Ton, sonst tanzten die Schüler einem auf der Nase herum. »Du weißt, dass wir die Ponys erst zu Beginn des Unterrichtes zuteilen. Susi ist das bravste Pony im Stall, jedes Kind hier will es gerne reiten«, erklärte sie mit fester Stimme.

Enttäuscht schnitt Sophie eine Grimasse.

»Aber wenn du mir hilfst, die Halfter und Führstricke zu ordnen, ändere ich vielleicht meine Meinung.«

Verdammt, sie konnte ihr einfach nicht widerstehen.

»Natürlich helfe ich dir, liebste Emy!« Das Mädchen strahlte überglücklich, schmiegte sich kurz an die Reitlehrerin, bevor sie fröhlich aus der Sattelkammer hüpfte.

»Beeil dich, deine Eltern warten bestimmt schon. Wir sehen uns dann am Lagerfeuer zum Barbecue!«, rief sie der Reitschülerin hinterher.

Sunny, die mit dem Aufhängen der Sättel beschäftigt war, grinste sie schmunzelnd an. »Na, da hast du ja wieder einmal jemanden glücklich gemacht.«

Emilia seufzte. »Sie ist das zweite Mal in Begleitung in den Ferien auf dem Reiterhof. Seitdem klebt sie wie eine Klette an meinen Beinen. Das ist zeitweise enorm anstrengend. Trotzdem, mir gefallen die jungen Reitschüler und ihre Pferdebegeisterung. Für Sophie bin ich das große Vorbild. Sie himmelt mich an.« Grinsend zog sie die Augenbrauen hoch.

Sunny umarmte die Freundin überraschend, küsste sie leidenschaftlich. »Das kann ich verstehen, ich himmel dich auch an«, flüsterte sie drängend.

Emilia schob sie heftig auf Abstand, sah beunruhigt zur geöffneten Tür der Sattelkammer. »Spinnst du, wenn uns jemand sieht! Außerdem ist die Kleine eventuell noch im Stallgebäude«, sagte sie entrüstet. »Wir hatten doch abgemacht: nicht in der Öffentlichkeit.«

Vorsichtig spähte sie hinaus, schaute ängstlich im Stall umher. »Sophie bist du da?«, rief sie in voller Lautstärke in die Stallungen.

»Ja, alles fertig«, hallte die Antwort aus der Ferne. »Ich lauf jetzt rüber zum Haus. Bis später, Emy!«

Die raschen Schritte verhallten, trugen das Echo durch das Gebäude.

Sunny zog die Geliebte beruhigend zurück in die hinterste Ecke der Sattelkammer. Sanft drängte sie den zierlichen Körper rückwärts in die Raumecke an die Wand. »Niemand ist da«, hauchte sie erregt. »Das sollten wir ausnutzen, meinst du nicht auch?« Hauchzart berührte sie Emilias Lippen. Die Zunge strich behutsam darüber, neckten sie, ehe sie den Weg in den leicht geöffneten Mund fand.

Begehren schoss wie ein Pfeil in sie, die aufgekommene Anspannung löste sich langsam. Bereitwillig aufseufzend erwiderte sie den Zungenkuss mit fordernden tupfenden Zungenschlägen. Sie stöhnten, ließen die Hände anheizend über die Körper wandern, packten die Rundungen der Gesäße, pressten die Unterleiber begierig aneinander.

Emilia griff in das Blondhaar, sog genussvoll den erregenden Duft aus Erdbeeren und Schweiß auf. Die Lust war greifbar und floss direkt in ihren Schoß. Seufzend winkelte sie das Bein an, um den Oberschenkel an Sunnys Scham zu pressen.

Sunny reagierte, indem sie das Becken auf dem angebotenen Schenkel kreisen ließ, während die Finger forschend unter Emilias Top fuhren. Die Nippel erhärteten auf Anhieb, reckten sich der zarten Berührung entgegen. Jeder Zungenschlag traf die Libido der umschlungenen Frauen, peitschte sie an.

Mit einem Mal erstarrte Emilia mitten in den Liebkosungen. »Hast du das gehört?«, flüsterte sie, die Augen vor Schreck weit aufgerissen. »Was war das?« Angespannt lauschten sie in die Stille.

Nichts.

Kein Geräusch.

»Da ist niemand, beruhige dich«, hauchte Sunny nach einer Weile, knabberte auffordernd an dem Ohrläppchen.

Sofort reagierte Emilias Körper erneut auf die Zärtlichkeit. Alles wurde heiß, jede Empfindung wurde um ein Vielfaches gesteigert.

Zittrig öffneten die Frauen ungeduldig die Knöpfe und Reißverschlüsse der Reiterhosen, glitten begierig in den feuchten Schritt der anderen. Stöhnend drangen sie weiter vor, schoben sanft die Finger in die nässende Hitze. Die Vulven zogen sich verlangend zusammen. Wie im Rausch massierten sie gegenseitig die angeschwollenen Lustperlen, stießen immer heftiger in die Liebesspalten vor. Der Saft durchweichte die Slips, trieb die Erregung zusätzlich ins Unermessliche.

»Ich komme gleich«, wisperte Emilia zwischen die sinnlich fordernden Küsse.

Sunny erhöhte wimmernd den Druck auf Emilias Schoß, während die Muskeln ihrer eigenen Vagina bereits unkontrolliert zu zucken begannen.

Durch Sunnys Orgasmus angeheizt, explodierte die Lust. Eine gewaltige Welle riss Emilia empor, überschlug sich im Höhepunkt der Ekstase.

Stoßweise atmend lehnten die Freundinnen erschöpft an der Eckwand, verfangen in den Tiefen der lustverhangenen Augen.

Kapitel 18

*D*as Barbecue war, wie erwartet, eine willkommene Abwechslung für die Gäste des Reiterhofes. Es gab Steaks, Bratwürstchen, Stockkartoffeln, verschiedene Salate und Kräuterbrot.

Die Kinder hatten Marshmallows auf längliche Stöcker gespießt, rösteten sie vergnügt über dem Feuerkorb zu goldgelben Leckereien. Die Kleinen konnten nicht genug von der warmen Süßspeise bekommen.

Nach dem reichhaltigen Essen versammelten sich die Erwachsenen ums Lagerfeuer, während die jüngeren ausgelassen auf der angrenzenden Wiese Ball spielten. Bei Anbruch der Dunkelheit begann das allgemeine Verabschieden der begeisterten Gäste. Sie bedankten sich herzlich für den gelungenen Abend, die liebevolle Gastfreundschaft der Gutsbesitzer. Auch Karin und Conor sagten müde Gute Nacht, schlenderten anschließend eng umschlungen Richtung Haupthaus.

Emilia saß zwischen Sunny und Marc auf der Holzbank, starrte mit leerem Blick ins Feuerholz. Mücken tanzten im Lichtschein, die Hitze des Sommertages wich einer angenehm kühlenden Nachtbrise.

Keiner der Drei wagte den Anfang. Nur das Knistern der Holzscheite, begleitet vom Zirpen der Grillen unterbrach die Stille der Dunkelheit. Die Anspannung war fühlbar, hing über ihnen, wie eine drohende Gewitterwolke.

Nach einiger Zeit unerträglichen Schweigens stand Sunny zögernd auf. Unsicher sah sie die beiden an. »Ich gehe dann besser zurück ins Haus. Ihr solltet euch jetzt in aller Ruhe aussprechen.«

Blitzschnell ergriff Emilia die Hand der Freundin, zog sie energisch rückwärts auf die Bank. Flehend schaute sie in die leuchtenden Augen. »Bitte bleib, es geht letztendlich auch um dich«, presste sie auffallend heiser hervor. Trotz der Kühle begann sie, zu schwitzen. Schweißtropfen glänzten auf der Stirn; das Herz klopfte ungebändigt in der Brust. Der gefürchtete Augenblick der Aussprache nahte.

Als sie am vorgerückten Nachmittag mit Sunny von den Stallungen zum Haupthaus zurückging, hatte sie schon aus der Ferne den schwarzen Porsche des Freundes erkannt. Er parkte unübersehbar in der Hofeinfahrt.

Sie konnte kaum glauben, dass Marc tatsächlich hinterher gereist war. Eine Angstwelle durchwogte den Körper, ihr wurde Übel. Und doch ... Sie verspürte eine unbestreitbare Erleichterung. Bald hatte sie Gewissheit!

Wie würde er sich entscheiden?

Oder hatte er bereits einen Entschluss gefasst?

Emilia starrte erneut in die Flammen. Den gesamten Abend hatten sie noch keine Gelegenheit zur Aussprache. Das Barbecue für die Gäste erforderte die komplette Aufmerksamkeit. Den Eltern zuliebe versuchten sie stillschweigend, sich die Beziehungskrise nicht anmerken zu lassen.

Jetzt saßen sie zum ersten Mal ungestört am Lagerfeuer. Der Augenblick der Wahrheit näherte sich unaufhaltsam. Sie atmete bewusst ein und aus, um den polternden Herzschlag im Brustkorb zu beruhigen. Obwohl sie schwitzte, fing der Körper an zu zittern. Sie nahm allen Mut zusammen, sah Marc intensiv in die ozeanblauen Augen.

»Wir sollten ehrlich über unsere Gefühle und Wünsche sprechen«, stieß sie mit geröteten Wangen hervor. Er hielt aufmerksam dem forschenden Blick stand. Liebevoll musterte er Emilias verzweifeltes Gesicht, versuchte, darin zu lesen. »Das will ich doch auch, mein Schatz, deshalb bin ich heute hier. Die Ungewissheit zu Hause hat mich verrückt gemacht.« Zaghaft umschloss er die zitternden Hände der Freundin.

Sie seufzte schuldbewusst. »Ich weiß, weglaufen löst keine Probleme. Das war überaus kindisch. Ich war der Situation nicht gewachsen und hatte Angst, dass du sofort Schluss machst, so wie Flo mit Sunny.« Tränen sammelten sich in den Augenwinkeln, die sie verstohlen wegwischte.

Marc musterte weiterhin sorgenvoll das von Sommersprossen gesprenkelte Gesicht. »Was ist denn nun zwischen dir und deiner Freundin?«, drängte er unruhig. »Bist du lesbisch? Willst du jetzt lieber mit ihr eine Beziehung?« Er drückte verzweifelt Emilias zarte Hände.

Unvermittelt riss sie die katzenhaften Augen auf, starrte ihn irritiert an. »Du meinst ... ich bin lesbisch?«, stieß sie entrüstet hervor, während sie das rot glühende Gesicht fixierte. Energisch schüttelte sie den roten Lockenkopf.

Er sprang erstaunt auf, zog sie empor, umarmte sie erleichtert. »Das war meine größte Sorge«, flüsterte er.

Emilia küsste Marc hingebungsvoll, strich durch die dunklen Locken. »Ich bin nicht lesbisch! Ich liebe dich wahnsinnig und möchte ewig mit dir zusammen sein.«

Er sah sie erfreut an, die Anspannung der letzten Woche fiel von ihm ab. Doch eine Angelegenheit blieb unbeantwortet. Er fixierte die Freundinnen, ehe er erneut die entscheidende Frage stellte:»Was ist denn nun zwischen euch? Sag es bitte!« Er musterte Emilia forschend, küsste behutsam die zarten Hände.

Sie zögerte einen Moment, wich dem durchdringenden Blick aus.

Marc hatte recht. Keine Heimlichkeiten mehr. Sie musste lernen, aufrichtig ihre Bedürfnisse in der Beziehung zu äußern.

Entschlossen löste sie die Umarmung, drehte sich zu der wartenden Freundin um, die stillschweigend die Szene beobachtete. Sanft zog sie Sunny heran, umfasste die Taille der Geliebten. »Stimmt. Wir sollten ehrlich über unsere sexuellen Wünsche sprechen. Ich habe festgestellt, dass ich auch auf Frauensex stehe und in Zukunft nicht darauf verzichten möchte.« Emilias Gesicht errötete heftig, Angst pulsierte durch den Körper, ließ sie erzittern.

Jetzt war es ausgesprochen und sie musste die Konsequenzen tragen.

Wie reagierte er auf ihre deutliche Antwort? Machte er doch noch Schluss?

Die Hände wurden feucht, der Puls raste, sie senkte nervös den Blick.

Marc musterte die eng umschlungenen Frauen, die unsicher vor ihm standen, als wenn sie ein Urteil erwarteten. »Ich weiß, dass du auf Sunny stehst. Ich habe euch beiden zufällig heute Nachmittag in der Sattelkammer bei einem heißen Quickie beobachtet.«

Die Freundinnen zuckten erschrocken zusammen, schauten einander betroffen an.

Also war da doch jemand im Stall gewesen, als sie das Geräusch hörten.

Erneut schoss die Schamesröte in Emilias Gesicht.

Wie peinlich!

Er hatte sie beim Sex mit der besten Freundin ertappt. Warum hatte er sich nicht bemerkbar gemacht? Marc ging währenddessen lässig einen Schritt auf die beiden zu, musterte die Frauen ungeniert von oben bis unten. »Ihr seid zusammen ein verflucht heißes Paar. Ich muss gestehen, die erotische Szene im Stall war verdammt geil.« Seine funkelnden wasserblauen Augen unterstrichen die Worte. Emilia bemerkte erstaunt die wachsende Beule in Marcs Jeanshose.

Er stand darauf, schoss es ihr blitzartig durch den Kopf.

Es hat ihn angemacht, uns beim Sex zu beobachten.

Überrascht betrachtete sie den Freund.

Das hatte sie nicht erwartet. Er wusste schon den gesamten Abend von den Intimitäten mit der Freundin und hatte nichts gesagt.

Es gefiel ihm, törnte ihn im Gegenteil sogar an.

Sie grinste Marc herausfordernd an. »Das kannst du öfter haben, wenn es dir gefällt.« Frech griff sie an seinen Schritt, wo die wachsende Männlichkeit sich deutlich abzeichnete.

Gierig umarmte er sie, schob die Zunge tief in den leicht geöffneten Mund.

Sie seufzte glücklich, während sie die Finger kräftig gegen Marcs Hose presste.

Schwer atmend löste er abrupt den Kuss, sah fordernd in die Katzenaugen.

»Unter einer Bedingung«, stieß er erregt hervor, drückte sein Becken fest an Emilias. »Keine Alleingänge mehr, ich möchte zuschauen, wenn ihr es miteinander treibt.«

Emilia spürte die angeschwollene Erektion; die Worte trieben wohlige Hitze in den Schoß. Fragend schaute sie Sunny an, die zustimmend nickte. Sie erkannte die auflodernde Geilheit in den Augen der Freundin, die das lange Blondhaar durch eine sinnliche Geste nach hinten strich. Ein Knistern lag in der Luft, umhüllte die Drei mit sexueller Energie.

Emilias blitzende Pupillen fixierten erst den Freund, bevor sie in Sunnys lockenden Blick verweilten. »Du willst also einen Dreier?«, säuselte sie in Marcs Richtung, als sie die Hände über die betörenden Brüste von Sunny gleiten ließ. Die harten Knospen zeichneten sich deutlich auf dem cremefarbenen Top ab.

Marc beobachtete fasziniert die streichelnden Berührungen der Freundinnen. Sein Mund wurde trocken. Er nickte nur zustimmend.

Sie lächelte glücklich. »Nicht hier, nicht jetzt, man könnte uns sehen! Ich habe morgen frei und kenne eine Menge ungestörter Plätzchen«, lächelte sie verschwörerisch. Nie hatte sie gedacht, dass die Aussprache so positiv verlief und noch dazu mit diesem Ergebnis.

Erstaunlicherweise hatte Marc die gleichen sexuellen Wünsche. Sunny ebenfalls. Perfekt! Der morgige Tag versprach prickelnde Erotik.

»Lasst uns ins Haus gehen, es wird jetzt doch recht kühl.«

Gewissenhaft löschte Marc die restliche Glut des Lagerfeuers. Zusammen gingen sie angeregt plaudernd Richtung Wohngebäude.

Kapitel 19

Es war spät geworden. Sie hatten mit Sunny nach dem Barbecue noch im gemütlichen Wohnzimmer zusammen gesessen, geplaudert, zwei Flaschen Wein ausgetrunken und darüber die Zeit vergessen. Am Ende verabredeten sie ein verspätetes Frühstück gegen Mittag, schließlich war am Montag Emilias freier Tag; da durften sie alle ausschlafen.

Auf Zehenspitzen gingen sie zusammen den Flur entlang Richtung Treppenaufgang, wo sich die Freundin gähnend verabschiedete und die Stufen zum Gästezimmer hinaufschlich.

Emilia schaute ihr abwartend hinterher, ehe sie Marcs Hand ergriff und ihn in das angrenzende Zimmer schob.

Er sah sie fragend an.

Sie schnitt ihm eine verlegene Grimasse. »Du kennst mich doch, mein Appetit ist grenzenlos. Es ist bestimmt noch was vom Barbecue übergeblieben«, murmelte sie entschuldigend und schloss vorsichtig die Küchentür; ertastete in der Dunkelheit des Raumes den Lichtschalter.

Blitzschnell packte Marc die suchenden Hände, umschlang den weiblichen Körper, drückte ihn intensiv an sich.

Ganz dicht am Ohr vernahm sie den warmen Atem; ein männlicher Duft nach edlen Hölzern wehte in die Nase. Sie fühlte die Brustmuskeln am Schulterblatt, die unter Marcs Hemd spielten. Hauchzart küsste er eine feuchte Spur vom Nacken bis zur Wange. Ein wohliger Schauer rieselte Emilias Rücken entlang, brachte die Haut zum Prickeln.

»Du hast mir gefehlt, mein Engel!« Schnuppernd vergrub er das Gesicht in der seidigen roten Lockenmähne, zog sanft an ihnen, sodass ihr Kopf an seiner Schulter anlehnte. »Nie hätte ich gedacht, dass du auch auf Frauen stehst. Euch zusammen in der Sattelkammer zu beobachten ... Hat mich gewaltig scharf gemacht«, hauchte er erregt.

Emilia bemerkte erschauernd die beschleunigte Atmung des Freundes; im Rücken vernahm sie deutlich die wachsende Erektion.

»Ich will dich, jetzt«, flüsterte Marc.

Die sinnlich rauchige Stimme ließ sie erbeben. Sie registrierte angeregt, wie sich in der Liebeszone der Saft ansammelte und nur darauf wartete, von ihm berührt zu werden. Sie wirbelte herum, schlang stürmisch die Arme um Marcs Nacken, in den Augen funkelnde Begierde. »Ich bin auch wahnsinnig heiß, geliebter Schatz. Lass uns in mein Zimmer gehen. Ich nehme mir rasch noch etwas Kräuterbrot, für danach.«

Kokett zur Anrichte umdrehend, angelte sie mit einer Hand den Brotkorb, der auf dem Regal stand. Das schummrige Mondlicht drang durch die Fenster, spendete genug Helligkeit, sodass die Einrichtung Schatten warf.

Marc musterte fasziniert die zarte Silhouette der Freundin, das geblümte kurze Trägerkleid, das sich beim Hochstrecken aufreizend höher schob. Die gebräunten Oberschenkel schimmerten seidig unter dem Kleidersaum hervor. Wie hypnotisiert starrte er auf den Kleiderstoff, der Emilias Pobacken einladend umspielte. Gefesselt von dem atemberaubenden Anblick trat er rasch hinter sie, drängte erneut die ausgeprägte Männlichkeit an ihren Po.

Vorsichtig fasste er Emilias Handgelenke, streckte in Zeitlupe ihre Arme nach oben. Mit den Handflächen glitt er langsam am Hals entlang zu den Brüsten, die durch den dünnen Stoff des Kleides deutlich hervortraten. Sanft knetete er sie, bis er die härter werdenden Knospen zwirbelte. »Ich will dich jetzt und hier«, wiederholte er fordernd, knabberte dabei aufreizend am Ohrläppchen.

Sie stöhnte unter der Liebkosung der forschen Hände. Gleißende Hitze überströmte die Haut, entfachte feurig das Lustzentrum. »Wir sollten ins Zimmer gehen. Wenn uns jemand erwischt?«, keuchte sie. Der Verstand sagte die Worte, der Körper war längst im Rausch der aufsteigenden Lust gefangen.

»Keine Sorge, die schlafen alle tief und fest«, raunte er, während die Handflächen an Emilias Vorderseite weiter abwärts wanderten, den Saum des Blumenkleides anhoben, unter den Slip krochen.

Sofort reagierte die Lustgrotte auf die heftiger werdenden Berührungen, der Liebessaft strömte aus, die Perle schwoll an, sie stöhnte verhalten. Gierig drückte sie das Becken gegen den angeschwollenen Schoß, begann kreisende Bewegungen, als Marcs Finger in der Vulva verschwanden. Der Mittelfinger massierte zielgenau den Hotspot, wodurch heiße Lustwellen durch den Unterleib fluteten. Emilia kniff die Beine zusammen. »Bitte hör auf«, flüsterte sie wimmernd. »Sonst spritze ich gleich.«

Die geraunten Worte der Freundin ließen Marc aufstöhnen, trieben das Verlangen nur noch intensiver in die Höhe.

Sie hörte, wie er den Atem scharf in die Lungen zog.

Nachdrücklich presste er mithilfe des Knies die Oberschenkel auseinander, wobei er weiterhin ihren Liebespunkt penetrierte. »Entspann dich, Engelchen, lass dich gehen«, forderte er mit sanfter Stimme. »Ich will an deinem Wahnsinnsorgasmus teilhaben.«

Der Widerstand bröckelte augenblicklich, sie konnte sich nicht mehr gegen den heranziehenden Höhepunkt wehren.

Marc legte den freien Arm um Emilias Taille, gab Schutz und Halt zugleich. Emilia spreizte keuchend die Beine, ging leicht in die Knie, während er immer heftige den G-Punkt reizte.

In ihr explodierte es, die Muskeln zuckten unkontrolliert um Marcs Finger, die sie unaufhörlich weiterstießen. Sie schrie auf, das Blut rauschte in den Ohren, feine Silberpunkte tanzten vor den Pupillen. Ein nicht enden wollender warmer Strahl Feuchtigkeit spritze rhythmisch aus der Scham heraus direkt über seine Hand. Sie kam so intensiv, dass es ihr beinahe die Füße wegzog, hätte er sie nicht festgehalten.

Vorsichtig entzog er die nassen Finger der Lustzone, drehte Emilia brüsk herum. Die wasserblauen Augen hafteten auf Emilias Gesicht, verfingen sich im lustverhangenen Blick, der bereits heiße Versprechungen enthielt.

Die grünen Katzenaugen leuchteten wie Smaragde, als sie kniend den Knopf und Reißverschluss der Jeans öffnete. Mit einer leidenschaftlichen Bewegung zog sie die Hose samt Slip bis zu den Knien herunter.

Der erigierte Stab schnellte heftig pulsierend empor. Sie feuchtete die Lippen an, küsste zart die zuckende Spitze. Augenblicklich schwoll diese weiterhin an.

Marc schaute fasziniert herab, beobachtete, wie ihr Mund die Männlichkeit voller Verlangen umschloss. Obwohl Emilia im oralen Liebesspiel noch recht unerfahren war, wusste sie offenbar instinktiv, wie sie ihm mit der Zunge nachhaltige Lust verschaffen konnte.

Immer wieder ließ sie von der Eichel ab, um am Schaft des Penis nach unten zu wandern. Anschließend leckte sie genießerisch durch flinke Zungenbewegungen die empfindlichste Stelle an der Unterseite der Spitze.

Sein absolutes Lustzentrum.

Sie genoss es unübersehbar, die Reaktionen auf das Zungenspiel zu beobachten.

Er fing Emilias Blick ein, der eine Geilheit verriet, wie er sie selten erlebt hatte.

Emilia lächelte verschmitzt, intensivierte zugleich das rasanter werdende Auf und Ab der Hand, mit der sie den Schaft des Penis massierte.

Schlagartig wurde ihm klar, dass dies kein Vorspiel war.

Sie wollte ihn oral zum Orgasmus bringen. Noch nie zuvor hatte sie das getan.

Der Gedanke, das erste Mal in ihrem Mund den Höhepunkt erleben zu dürfen, beflügelte die Lustempfindung zusätzlich.

Unterdessen unterbrach sie die Massage, während die Zunge weiterhin immer zügigere Bewegungen an der Unterseite der Eichel vollführte. Sie tauchte einen Finger in die Vulva und benetzte ihn mit dem Liebessaft. Zielstrebig spreizte sie Marc die Beine auseinander. Vorsichtig, aber bestimmt schob sie den angefeuchteten Zeigefinger in den Anus und begann sofort, das Poloch zu bearbeiten, vor zurück, vor zurück.

Das war mehr, als er verkraften konnte. In heißen Wellen kam der Orgasmus von bisher kaum erlebter Intensität. Er entlud stöhnend eine gewaltige Menge des Spermas in Emilias Mund.

Zu seiner Überraschung zog sie die Lippen nicht weg, sondern hielt die Eichel sanft umschlossen, schluckte den Liebessaft.

Emilia erhob sich, grinste ihn aufreizend an, während sie das Blumenkleid zurechtrückte. »War das nach deinem Geschmack, mein Schatz?«

Er richtete ebenfalls die Kleidung, musterte sie verschmitzt. »Das wollte ich dich gerade fragen.«

Sie lachte schallend auf. »Sehr gut gekontert! Das muss ich dir zugestehen ... Und ja, es hat mir gefallen.« Rasch drehte sie sich zur Anrichte um, angelte ein riesiges Stück Kräuterbrot. Marc griff schmunzelnd einen Apfel aus der Obstschale. »Dein Appetit ist nach wie vor unersättlich.«

»Was meinst du genau, den Hunger oder die Lust auf Sex?«

Kokett lächelnd umschloss sie Marcs Hand, zog ihn Richtung Küchentür und die Treppenstufen hinauf.

Kapitel 20

Montag
28. Juli

Die Mittagssonne schien bereits strahlend hell am wolkenlosen Himmel, als die drei Freunde zum reichhaltigen Brunch auf die Terrasse hinter dem Haus schlenderten. Auf dem Tisch lockten allerlei Köstlichkeiten, von backfrischen Brötchen bis Rührei und knusprigen Speck. In der Mitte stand die riesige Thermoskanne mit heißem dampfendem Kaffee direkt neben einer Karaffe mit frisch gepresstem Orangensaft.

Sunny schnappte triumphierend die Kaffeekanne, schenkte das aromatisch duftende Getränk in die XXL-Becher. Glücklich aufseufzend lehnte sie sich entspannt in den gemütlichen Korbstuhl zurück, sog das unwiderstehliche Bohnenaroma in die Nase ein. »Mehr brauche ich nicht an so einem herrlichen Sommertag.« Genüsslich schlürfend schloss sie die Augen.

»Na, wenn du meinst. Ich benötige jetzt etwas Richtiges im Magen.« Beherzt griff Emilia das größte Körnerbrötchen und ein Buttercroissant; füllte zusätzlich einen Berg Rührei und würzigen Speck auf den Frühstücksteller.

Marc grinste sie an. »Soll ich dir einen zweiten Teller besorgen, Engelchen?«

Sie ignorierte die freche Bemerkung unbeeindruckt und krönte das Frühstück demonstrativ mit Käsescheiben und Bauernschinken.

»Das ist ungerecht. Den gesamten Tag bist du am Essen und nimmst kein Gramm zu.« Die Freundin schüttelte erstaunt und frustriert zugleich den Kopf. »Bei den Mengen würde ich aufgehen wie ein Hefekloß.«

»Liegt vielleicht an den guten Genen meiner Mutter«, nuschelte Emilia zwischen zwei Gabeln voll Rührei und zuckte mit den Schultern. »Habt ihr denn eine Idee, was wir heute unternehmen?« Fragend schaute sie die anderen an.

»Also, ich möchte am liebsten ausreiten, wenn ich schon einmal die Möglichkeit bekomme, was haltet ihr davon?« Marc sah gespannt in die Runde, während er allen ein Glas Orangensaft einschenkte.

Emilia nickte zustimmend. »Daran habe ich auch gedacht. Wir können zum Strand reiten, baden und in den Satteltaschen Proviant fürs Abendpicknick mitnehmen.«

»Super Idee!«, rief Sunny begeistert. »Ein Ausritt am Wasser entlang, ach, das wäre herrlich!« Sie schaute verträumt in den azurblauen Himmel. »Und dann nackt zusammen schwimmen gehen.« Vor Aufregung bekam Sunnys rote Flecken auf den Wangenknochen. Die bernsteinfarbenen Augen strahlten die anderen an.

Marc musterte interessiert ihr braun gebranntes Gesicht, die fülligen Lippen. Knisternde Erotik hing unvermittelt in der Luft, nahm die Drei gefangen. »So, so, du willst dich ohne Bekleidung mit uns ins Meer stürzen?« Sein Blick wanderte zu Emilia, die gespannt der anzüglichen Unterhaltung lauschte. »Möchtest du das auch, mein Schatz?«

Die geflüsterten Worte elektrisierten, trieben die erotisierende Spannung zum Höhepunkt. Sie empfand, dass weit mehr hinter der unkomplizierten Frage steckte. Erregende Gedanken stürmten wie Blitze durch den Kopf.

Wollte er wahrhaftig einen Dreier?

Ein sinnlicher Schauer rieselte den Rücken entlang, das Herz raste. Bei der Vorstellung daran schoss feuriges Begehren in den feuchter werdenden Spalt. »Ja, unbedingt«, hauchte sie mit glühenden Wangen.

Würde es tatsächlich heute passieren?

Marc drückte liebevoll Emilias Hand, während sie mutig den Blick erhob. Ein bezauberndes Lächeln überzog ihr Gesicht.

»Wir reiten zu meinem Lieblingsplatz. Dort sind wir ungestört und abseits des Touristenrummels.«

Sunnys Augen blitzten das Paar wissend an. »Das ist perfekt.«

Erleichtert bemerkte Emilia, dass die Anspannung nachließ. Sie freute sich auf den vielversprechenden, prickelnden Nachmittag.

Nichts muss, aber alles kann passieren.

Wie aufregend!

Während sie zu Ende frühstückten, planten sie angeregt plaudernd die Einzelheiten des bevorstehenden Ausrittes an den Strand.

Kapitel 21

Vor ihnen eröffnete sich eine idyllische Strandbucht, die ringsherum mit hohem Dünengras umsäumt und nur von der Meerseite zu betreten war.
»Dort drüben ist er, mein Lieblingsplatz!«, rief Emilia den Freunden zu und führte ihr Pferd in eine Einbuchtung in den Dünen. Im vorderen Teil lud eine Feuerstelle neben Sitzplätzen aus Baumstümpfen zum gemütlichen Beisammensein ein.
»Wie romantisch.« Sunnys begeisterte Stimme hallte über die Bucht, während sie dem Schimmel das Halfter anlegte und am vorgesehenen Pflock befestigte.
»Bisher hat es noch kein Tourist entdeckt, dafür ist die Stelle zu abgelegen. Ab und zu veranstaltet der Reiterhof Tagesausflüge für eine kleine Gruppe. Wir nutzen den Platz dann zum Ausruhen und grillen.« Emilia lächelte die Freundin verschmitzt an, setzte sich lässig neben Marc auf die mitgebrachte Wolldecke, die er bereits sorgsam ausgebreitet hatte. »Du kannst also beruhigt sein, hier stört uns kein Mensch.«

»Na dann, kleine Abkühlung gefällig?« Zügig schlüpfte Sunny aus der Kleidung, posierte nackt und aufreizend direkt vor den beiden. Sie hatte eine atemberaubende Figur. Hochgewachsen, mit schlanken Beinen; lange, blonde spiegelglatte Haare, die den gebräunten Rücken entlang bis zur zierlichen Taille reichten.

Verstohlen beobachtete Emilia die Reaktion des Freundes aus den Augenwinkeln.

Fasziniert schweifte sein Blick über jede Faser des tänzelnden Körpers, die fülligen Brüste mit den bräunlichen Vorhöfen, den straffen, runden Nektarinen-Po.

Er begehrte sie.

Sie hatte natürlich damit gerechnet, aber jetzt wurde ihr doch etwas mulmig bei dem Gedanken.

War sie etwa eifersüchtig?

Sie überlegte kurz.

Nein, bestimmt nicht.

Die Situation war nur ungewohnt und aufregend. Schließlich hatte sie Marc noch nie in der Gegenwart einer anderen nackten Frau gesehen.

Natürlich erregte ihn der erotisierende Anblick dieser Klassefrau, das sollte er ja auch. Irgendwie war sie sogar stolz auf die reizende Erscheinung der Freundin, ihrer Freundin.

Sunny beendete die Vorstellung, schaute beide fragend an. »Wer kommt jetzt mit ins Wasser?«

Wie auf Kommando sprang Emilia auf, streifte blitzschnell die Kleidung ab. »Ich bin dabei. Was dachtest du denn?«

Marc streckte sich gemütlich auf der Decke aus, grinste die Frauen provozierend an. »Geht bloß schwimmen, dann habe ich endlich ein bisschen Ruhe vor eurem Geschnatter.«

Mit gespielter Entrüstung stürzten die Angesprochenen schimpfend auf ihn, begannen zu kneifen und zu kitzeln. Spielend wehrte er die Angreifer lachend ab, deutete zum Meer hin.

»Los, ab in die Fluten!«

Juchzend liefen die Freundinnen Hand in Hand über den Sand, winkten ihm noch einmal zu, bevor sie aufkreischend ins Wasser sprangen.

Fasziniert schaute er ihnen hinterher.

Was für traumhafte Körper.

Er musste sich beherrschen, um den Frauen nicht nachzulaufen.

Sie sollten erst einmal Zeit zu zweit haben.

Außerdem konnte er sie aus dieser Perspektive unauffällig zusammen beobachten. Sie standen längst bis zu den Hüften im Meer, bespritzten sich aufschreiend gegenseitig mit dem kühlen Nass. Die Brüste wogten bei jeder Bewegung hin und her.

Ein geiler Anblick.

In der Badehose drängte die Männlichkeit. Wie hypnotisiert starrte er auf das Frauenpaar, das eng umschlungen heiße Küsse austauschte und zwischendurch in seine Richtung schaute.

Diese hemmungslosen Luder! Sie hatten damit gerechnet, dass er sie beobachtete. Was wohl als Nächstes passierte?

Jetzt begannen die Frauen, sich gegenseitig die Brüste zu streicheln und zu liebkosen. Sie standen da, wie ein Sinnbild für Erotik.

Zuviel Reize.

Entschlossen streifte er die Hose über die Füße, ließ aufstöhnend die Erektion hervorschnellen. Während er angeregt das wollüstige Treiben im Wasser beobachtete, streichelte er unauffällig das pulsierende Glied, das unter dem sanften Druck zur vollen Pracht anschwoll.

Emilia blinzelte verstohlen zum Strand hinüber, hielt Sunny dabei innig umarmt. Sie erkannte aus der Ferne, dass Marc unterdessen nackt auf der Wolldecke saß, seine Männlichkeit verwöhnte und sie augenscheinlich beobachtete.

Sie lächelte der Freundin zu, sah in die unwiderstehlichen Augen, die in der tief stehenden Sonne wie Cognac schimmerten. »Siehst du, unsere Zärtlichkeit scheint zu gefallen.« Sanft schlang sie die Arme um Sunnys Nacken, zog sie heran, gab ihr erneut einen feurigen Zungenkuss. »Was meinst du, wollen wir jetzt zu ihm gehen?«, flüsterte sie eindringlich.

Liebevoll griff Sunny mit beiden Händen in Emilias feuchte Lockenmähne, schaute sie prüfend an. »Bist du dir auch sicher, dass du das tatsächlich möchtest? Den Dreier?«

Die gehauchten Worte, die hauchzarte Berührung, ließen sie vor Erregung erschauern. Der Gedanke an das Bevorstehende brachte ihren Schoß zum Pochen, die Brustwarzen erhärteten, der Atem ging stoßweise. »Ja, ich will es jetzt«, stieß sie hervor.

Die Freundin liebkoste den runden Busen, zwirbelte die steifen Knospen, legte die andere Hand überraschend auf die angeschwollenen Schamlippen.

Emilia begann zu stöhnen, flackernde Hitze durchflutete den Körper.

»Du geiles Luder, kannst nicht genug bekommen«, hauchte Sunny ins Ohr, leckte leicht über die empfindliche Ohrmuschel. »Komm, lass uns schnell zu Marc an den Strand gehen, ich kann es auch kaum noch erwarten, dich zu verwöhnen.«

Händchenhaltend sprangen sie lachend durch die Schaumkronen zurück an den Sandstrand.

Marc musterte fasziniert die nackten Frauenkörper, die ihm entgegenliefen. Das Herz pochte heftig in der Brust, Erregung durchströmte den Körper, ließ die Männlichkeit kräftig pochen. Blitzschnell legte er die Arme gegen den Schoß, um die Erektion vor den Blicken der Freundinnen halbwegs zu verbergen.

Verschmitzt lächelnd beugte sich Emilia über ihn, zog leicht an Marcs Händen, wodurch sie einen Blick auf seinen angeschwollenen Penis erhaschen konnte. »So, so, kaum bist du allein, schon spielst du an dir rum. Wir haben genau gesehen, dass du uns beobachtet und dich dabei angefasst hast. Es hat dir offenbar gefallen, willst du noch mehr sehen?«

Während sie sprach, war Sunny hinter sie getreten und streichelte provozierend Emilias stramme Brüste, die rosigen Knospen, mit der Handfläche umschloss sie die Scham.

Stöhnend schmiegte sich Emilia verlangend an die Freundin, das Becken vollführte geschmeidige wiegende Bewegungen. Immer sinnlicher wurde der Tanz der Freundinnen, flackernde Hitze durchströmte die feuchten Körper.

Marcs Augen flackerten begierig bei dem Anblick, der Luststab wippte zwischen den Beinen auf und ab.

»Ich will dich zum Höhepunkt lecken.« Sunnys Worte durchbrachen die Stille, die Luft knisterte gewaltig.

Marc sah gebannt zu, wie Sunny sich rücklings auf der Wolldecke platzierte und Emilias Scham direkt über das Gesicht zog. Sofort fing sie an, mit der Zunge den Kitzler zu umkreisen, die geschwollenen Schamlippen auf und ab zu gleiten, den Scheideneingang hineinzufahren.

Lustvolle Wellen durchfuhren Emilias Unterleib. Gierig beugte sie den Oberkörper vorwärts, schob die Hände unter Sunnys Po und begann ihrerseits, den kostbaren feuchten Schoß der Freundin zu verwöhnen.

Vor Erregung aufstöhnend stülpte sie den Mund über die Perle, sog sie ein ums andere Mal zärtlich ein. Die Frauen stöhnten, wieder und wieder leckten und saugten sie die Lustbereiche.

»Darf ich mitmachen?« Marc war unbemerkt an die beiden herangekrochen, kniete nun direkt bei Emilias hochgehobenem Kopf. Seine ozeanblauen Augen hafteten fragend auf ihrem lustverhangenen Gesicht. Sie konnte nur stumm nicken, während sie auf den erigierten Luststab des Freundes starrte. Die rosige Spitze glänzte verlockend. Wie im Lustrausch liebkoste sie jetzt abwechselnd das pralle Geschlecht und die Lustzone der Freundin mit tupfenden Zungenschlägen.

Marc entfuhr ein Stöhnen. Höchst erregt schaute er auf das Zungenspiel zwischen seinen Knien herab. Der berauschende Anblick ließ ihn fast kommen; rasch rückte er ab, entzog das gereizte Glied dem Liebesspiel.

Emilia begann währenddessen, die Finger in Sunnys erregend triefende Hitze zu schieben. Augenblicklich bäumte sich der Körper unter ihr auf, als ein Schwall Feuchtigkeit aus der Lustgrotte hervorschoss und den männlichen Oberkörper benässte.

Sunny schrie den Orgasmus laut hinaus, während sie immer und immer wieder in die nasse Spalte gestoßen wurde, bis der Strahl nachließ.

Emilia richtete sich auf, drückte den Busen mitsamt den erregten Knospen seufzend an Marcs feuchte Brust.

Er konnte den Blick nicht von den herausfordernden Augen lösen. Jeder Wimpernschlag enthielt bereits heiße Versprechungen.

»Ich will, dass du mich jetzt von hinten zum Höhepunkt fickst«, forderte sie ihn heißblütig auf.

Die vulgären Worte der Freundin ließen das Glied erneut anschwellen. Wortlos drehte sie ihm das Hinterteil zu, wackelte einladend den Po hin und her, während sie und Sunny in einem erregenden Kuss verschmolzen.

Marc packte gierig die runden Pobacken, schob sie leicht auseinander. Der pralle Stab mitsamt der rosigen Eichel labte sich genüsslich an ihrer Nässe, bevor die Spitze quälend langsam und genussvoll tief in sie eindrang.

Emilia wimmerte leise vor Begierde.

Er füllte sie fantastisch aus.

Mit den ersten harten Stößen kam schon die Feuerwelle über sie, begrub sie in einem Rausch pulsierender Ekstase. Sie schrie den Orgasmus in den geöffneten Mund der Freundin, die sie sanft umschlang.

Vorsichtig zog Marc die noch immer steife Manneskraft heraus, schaute erregt auf die Frauenkörper herab. Feuriges Begehren durchflutete den lustvoll zitternden Körper.

Emilia löste aufseufzend die Umarmung, kniete keuchend neben Sunny auf der Wolldecke. »Jetzt bist du dran, mein Schatz, leg dich hin«, flüsterte sie atemlos dem Freund zu. Mit behutsamem Druck schob sie Mark rückwärts, bis er bequem auf der Decke lag. Sofort begann sie, das erigierte Glied zu streicheln.

Ihm entfuhr ein volltönender Seufzer, langsam schloss er die Augenlider, genoss die hingebungsvollen Liebkosungen der Freundin, die ihn an den Rand der Explosion trieben.

Plötzlich verschwand die zärtliche Hand abrupt. Er fühlte, wie sich feuchtwarme Schamlippen über den Luststab stülpten, etwas Nasses das Gesicht streifte. Voller Neugier öffnete er die Augen und sah überraschenderweise Sunny auf seinem Schoß sitzen, den prallen Stab tief in ihrer Spalte vergraben.

Emilia kniete mit gespreizten Schenkeln direkt über Marcs Kopf, bot die von Liebessaft triefende Lustgrotte an.

Ihm stockte augenblicklich der Atem. Pulsierende Erregung rauschte durch den Körper, als Sunnys Becken zu kreisen begann. Immer heißblütiger wurde der Ritt.

Emilias Finger massierten außerdem die Perle der Freundin. Die Luft war angefüllt von Stöhnen und Klatschgeräuschen. Die Freundinnen feuerten sich gegenseitig an.

Marc trieb die Zunge heftig in den Spalt von Emilia hinein. Sein heißer Atemzug stieß keuchend an die geschwollenen

Schamlippen. Eine Hand fand zusätzlich den Weg zur Klitoris und es genügten ein paar gekonnte Fingerschläge und sie kam. Emilia explodierte vor Lust, als der Orgasmus über sie wegfegte.

Einen Wimpernschlag danach schrie Sunny ihren fantastischen Höhepunkt heraus, während sie weiterhin hemmungslos auf Marc herum galoppierte.

Die Freundinnen sahen sich mit glänzenden Augen an, genossen den Augenblick, beide in der durchlebten Leidenschaft gefangen.

Da kam er.

Aufbäumend hieb er die Männlichkeit in Sunnys Unterleib, entlud stoßweise den Liebessaft, bis sie einen erneuten Orgasmus herausschrie. Die Muskeln zuckten unkontrolliert um den Penis, als sie stürmisch weiter ritt.

Durch die Szene angeheizt, fingerte Emilia währenddessen ungestüm ihren Liebesspalt, spritze aufschreiend den Liebesnektar auf die glühenden Körper.

Geschwächt, mit zitternden Beinen, sackte sie schwer atmend neben Marc zusammen.

Auch Sunny löste sich behutsam von Marcs Schoss. Erschöpft lagen sie gemeinsam stillschweigend nebeneinander, erfüllt von den durchlebten erregenden Eindrücken.

Epilog

riedliche Stille lag über der kleinen Sandbucht. Dicht aneinander gekuschelt saßen die Drei auf der Picknickdecke, beobachteten verträumt den roten Sonnenball, der den Meereshorizont in ein Flammenmeer zu verwandeln schien.

»Ist das nicht fantastisch?«, schwärmte Emilia. »Ich könnte noch ewig so sitzen und den Sonnenuntergang genießen.« Sie seufzte genießerisch.

Sunny sah die Freundin mit strahlenden Augen an. »Ja, das wäre zu schön«, flüsterte sie.

»Doch leider, die Zeit drängt, sonst wird es zu dunkel für den Rückweg auf den Pferden.«

Marc nickte zustimmend, während er den restlichen Inhalt der Sektflasche auf die Becher verteilte. »Wir können den Ausflug ja gerne am Wochenende wiederholen, bevor es zurück nach Hamburg geht.«

Vielsagend musterte er die Frauen.

»Natürlich nur, wenn es euch recht ist. Dann nehmen wir allerdings das Auto, damit ihr den Sonnenuntergang bis zum Schluss genießen könnt.« Gespannt betrachtete er die überraschten Frauengesichter.

»Also, ich bin einverstanden. Eine wunderbare Idee, mein Schatz.« Emilia gab Marc einen zärtlichen Kuss. »Und du, Sunny?« Sie schaute hoffnungsvoll in das Gesicht der Freundin, die errötete und verlegen den Blick abwandte.

»Natürlich will ich mit euch zusammen ... hm, noch viel Zeit verbringen, wenn ihr das wirklich beide wollt?«, flüsterte sie leise. Unsicher betrachtete sie das Paar, das sich lächelnd ansah und zustimmend nickte.

»Na klar!«, antworteten sie gleichzeitig.

Emilia drückte lachend Sunnys Hand. »Das müssen wir unbedingt wiederholen.« Sie erhob strahlend den Sektbecher, prosteten den anderen zu.

»Auf uns! Und noch viele prickelnde gemeinsame erotische Stunden.«

Bücher von Sannah Scott

✳ ✳ ✳

WAS FRAUEN BEGEHREN-REIHE:

Was Frauen begehren ist eine knisternde Buch-Reihe über starke Frauen, die ihre Fantasien ergründen und dabei so einige Abenteuer erleben, aber auch vor schwierige Entscheidungen gestellt werden. Jeder Band ist eine in sich abgeschlossene Geschichte und kann unabhängig von den anderen Bänden gelesen werden. Die erotischen Romane richten sich an Frauen (und neugierige Männer), die prickelnden Lesespaß genießen, einfach gerne mal abtauchen und die Welt um sich herum vergessen möchten.

Was Frauen begehren - Seduce (Band 1)

2021 erscheinen:
Was Frauen begehren - In Love (Band 2)
Was Frauen begehren - Sensual (Band 3)
Was Frauen begehren - To Obey (Band 4)

Die junge Philippa Lehmann ist seit kurzem Marketing-Leiterin in einem renommierten Hamburger Konzern, als sich hoher Besuch ankündigt. Der Europa-Direktor aus San Francisco, Jayden Miller, wird für eine Woche ein wichtiges Projekt in dem Tochter-Konzern leiten. Niemand hat jedoch damit gerechnet, dass auch eine leidenschaftliche Affäre zwischen Philippa und dem charmanten Jayden beginnen würde. Sie versuchen, ihre Affäre geheim zu halten, denn sie möchten keinen Skandal im Unternehmen verursachen. Allerdings hat auch die PR-Leiterin Lea Bauer ihre Finger im Spiel. Ist alles nur ein erotisches Abenteuer oder sind am Ende echte Gefühle mit im Spiel?

Christin trifft in einem Edel-Club auf den unkonventionellen Studenten Niklas. Sie vergisst schnell, dass sie eigentlich verheiratet ist und ihrem Mann treu bleiben sollte. Sie stürzt sich Hals über Kopf in einen One-Night-Stand. Als ihr Ehemann auf Geschäftsreise geht, gerät sie mehr und mehr in einen faszinierenden Strudel aus Leidenschaft und Begierde. Christin nimmt sich, was sie braucht, und erliegt hemmungslos ihren Gefühlen. Am Ende der turbulenten Woche muss sie jedoch eine wichtige Entscheidung treffen: Affäre, Ehemann oder beides?

Trotz ihrer ausgezeichneten Qualifikationen, dank denen sie viel bessere Berufe ausüben könnte, arbeitet Ellen als einfache Sekretärin. Dies hat auch einen guten Grund: Sie hat eine verdorbene Seite, die ihrem Boss zugutekommt: Sie genießt es, ihren Boss auf eher ungewöhnliche Weise zufrieden zu stellen - in allen Belangen. Es gefällt ihr, begehrt zu werden. In ihrem neuen Job kommt nichts dazwischen. Hier kann sie endlich ihre Wünsche ungehemmt ausleben. Wer leidenschaftliche Geschichten genießt, in denen es vor allem um Unterwerfung und Machtspiele geht, der ist hier an der richtigen Adresse.